漫画版经典国学

响应国学启蒙教育 弘扬东方传统文化

成语故事

策划 张铎耀

编著 童丹

珍藏版

国学经典穿越千年时空

书声琅琅承续中华文明

长江出版传媒　湖北美术出版社

前言

成语是中华文化的瑰宝，寥寥数语便将深刻的人生哲理、智慧谋略、生活艺术等方面的道理，启示表达得淋漓尽致，其言近旨远、独树一帜的语言特色传承了中华民族几千年悠久的历史文化。

成语是历史的积淀，每一个成语的背后都有一个含义深远的故事，这一个个成语故事组成了我国历史的一部分。阅读成语故事，可以了解历史、通达事理、学习知识、积累优美的语言素材。所以，学习成语以及成语故事是孩子们学习中国文化的必经之路。

有些成语如果光从字面上看，并不难理解，如"家徒四壁""水滴石穿"等，而有些则必须知道它的故事，才能弄清其涵义，如"上行下效""狡兔三窟"等。为帮助孩子们更好地学习和掌握成语，我们精心编绘了这本《成语故事（漫画版）》，献给大家。通过这些趣味盎然的成语故事，孩子们能逐步正确掌握相关成语的涵义和使用方法，从而在学习和日常生活中运用自如。在每篇成语的后面，编者精心安排了成语接龙小板块，熟读之后能增加孩子们的反应能力、记忆能力，丰富孩子们的词汇。

愿我们精心编辑的这套书能够成为孩子们的阅读精品，丰富孩子们的精神世界，提高孩子们的文化修养。

目 录

抱薪救火

战国后期，各诸侯国连年陷于战乱，魏国已很衰弱。这一年，秦军来攻，魏军节节败退。魏王召集大臣们商议让秦军退兵的方法。大臣们都已失去信心，多数人都劝魏王割让土地向秦国求和。但是，有个叫苏代的大臣对魏王说："这些主张割地求和的人哪里是为国家着想啊！他们把大片的土地割让给秦国，实际上只能助长秦国的野心，只要我们魏国的土地没有割让完，秦国就不会满足，他们的进犯也就不会停止。我听说从前有个人的房子着了火，别人叫他赶快用水去浇灭，他却抱着柴草去灭火，结果火越烧越旺，柴不烧完，火就不会熄灭。割地求和就好比抱着柴草去救火！"

尽管苏代讲得头头是道，但是胆小的魏王只顾眼前的太平，一味地委屈求和，根本不听苏代的话，还是依主降大臣们的意见把魏国大片土地割让给了秦国。

抱薪救火比喻采取不正确的方法去消除祸患，反而会加快祸患的蔓延。

成语接龙 CHENGYUJIELONG

抱薪救火→火树银花→花香鸟语→语不惊人→人才辈出→出其不意→意气用事→事出有因→因小失大→大材小用→用非所学→学富五车→车水马龙

杞人忧天

古时候，杞国有一个人，总是担心天会突然间塌下来。

他天天想这个问题，弄得自己坐也不是，站也不是，吃不香，睡不好。

一天……

朋友，你怎么了？脸色这不好！

唉！我天天担心天会掉下来！

怎么可能呢，你多虑了！天不过是一团积聚起来的大气罢了，不用担心它会塌下来。

那太阳、月亮岂不都要掉下来吗？

不会的！日月星辰只不过是大气中发光的东西，即使掉下来，也伤不到人。

哦！原来是这样啊！这下我就放心啦！

宾至如归

春秋时期,郑国国相子产奉命出访晋国,晋平公摆大国架子,没有来迎接。于是,子产命手下将晋国宾馆的围墙拆掉,将军马赶了进去。

晋国大夫士文伯听到这个消息,立刻赶到宾馆,对子产说:"你们把墙拆了,来宾们的安全谁来负责?"子产答道:"我这次带了大批贡品来到晋国,但贵国的国君却没有工夫见我们,还不知道什么时候才见得到。我们不能擅自把东西送到你们那本就是满满的国库,又不敢把东西堆放在露天。如果贡品受了潮或被虫子咬坏了,我们吃罪不起。记得你们晋文公当政时,接待诸侯来宾不是今天这样。那时宾馆宽敞漂亮,道路也又宽又平。冬天,生了暖暖的火,招待也热情周到。宾至如归,无忧无虑。而今,你们的宾馆却修得很差,门口窄小得连车子都进不去。也不知什么时候才得到接见,我们当然只好自己想办法了。"士文伯回去向晋平公报告,晋平公觉得子产说得有理,便向子产认错道歉,并且立即下令动工重修宾馆。

成语接龙 CHENGYUJIELONG

宾至如归→归心似箭→箭拔弩张→张灯结彩→彩凤随鸦→鸦雀无声→声色俱厉→厉兵秣马→马到成功→功败垂成→成人之美→美不胜收→收回成命

天罗地网

楚平王昏庸无能，他身边有个奸臣叫费无极。

我是奸臣

费无极与太子太傅伍奢不和。

费无极
伍奢

费无极便怂恿楚平王霸占太子的妻子，并杀死伍奢及其长子。

为了斩草除根，费无极又派儿子费得雄将伍奢的小儿子伍员抓获。

你去把伍员解决了！

不好！伍员有危险，我得马上告诉他！

太子

连夜……

费无极已杀害你父兄，现在要派费得雄来害你，他来找你，你千万不要跟他走！

伍员

太子前脚刚走，费得雄后脚跟来……

伍员兄，楚王有要事找你进宫商议！

费得雄

我早已知道你们天上地下、四面八方都布下了罗网，我是不会上你们的当的！

9

釜底抽薪

东汉末年，各地军阀混战。河北袁绍率领十万人马攻打许昌。当时，曹操正据守官渡（今河南中牟北），兵力只有两万多。两军隔河对峙。袁绍倚仗人多势众，派兵攻打白马。从表面来看，曹操放弃了白马，调主力人马转向渡口，摆出渡河的架势。

袁绍担心后方受敌，立即率主力向西挺进，试图阻挡曹军过河。

没料想曹操虚晃一枪，他突然派精锐部队袭击白马，首战告捷。因为两军僵持了很久，粮草供给成了胜负的关键。袁绍从河北征调了一万多车粮草，囤积在营地以北四十里的乌巢。曹操探听到乌巢没有重兵把守，就决定偷袭乌巢，以断其供给。

曹操亲自率五千精兵打着袁绍的旗号夜袭乌巢。乌巢的袁军还没来得及弄清楚真相，曹军便点燃了一把大火，顿时浓烟四起，袁军的一万车粮草，顷刻化为灰烬。袁绍大军得知消息后，惊恐万状。曹操趁机发动全线进攻，袁军大败。袁绍回到河北，从此一蹶不振。

釜底抽薪本指从锅底下抽出柴火。比喻从根本上解决问题。

成语接龙 CHENGYUJIELONG

釜底抽薪→薪尽火传→传诵一时→时来运转→转危为安→安之若命→命如悬丝→丝丝入扣→扣壶长吟→吟风咏月→月白风清→清心寡欲→欲盖弥彰

学富五车

庄子有一位朋友，名叫惠施，是宋国人，曾做过梁惠王的宰相。

这位仁兄是惠施。

庄子

大家好，我就是宰相惠施！

惠施认为，万物都在变，没有静止不动的时候。

他用诡辩的方式说明，天地万物是一体的。

阴 阳

天和地一样低，山和湖一样平。

他还认为，任何东西的性质都是相对的。因此，事物之间也就没有绝对的区别。

他提出了"大一""小一""大同异""小同异"等观点，认为万物相同，也完全相异。

男 相同 也 相异 女

庄子评价他说……

惠施的学识丰富、广博，他读过的书很多，用五辆车也装不下。

杯弓蛇影

汉代时,汲县县令应郴(chēn)请主簿杜宣喝酒。当时,厅堂北面的墙上悬挂着一把红色的弩弓。它的影子正好映在了杜宣的酒杯里。弓影映在酒杯里,弯曲微动,如同一条小蛇。杜宣看到它,心里十分厌恶,但县令赐酒,却之不恭,于是他硬着头皮将酒一饮而尽。

回到家中,杜宣感到腹中疼痛难忍,吃不下东西,而且病情日益加重。后来,应郴有事路过杜家,顺便去探望杜宣,杜宣告诉他得病的原因。

应郴觉得很奇怪,回家后在厅堂里久久徘徊,猛回头间,他看见了那张悬挂在墙上的弩弓,于是恍然大悟,猜到了杜宣杯中蛇影的由来。应郴马上派人将杜宣接来,当即在原来的地方摆上酒菜,请杜宣坐下。

杜宣刚一落座,就发现酒杯仍放在与那天相同的地方,杯里也映出一条弯弯的蛇影。应郴对他说:"这只不过是墙上弩弓的影子罢了,不是什么蛇。"杜宣明白了自己是胡乱猜疑,虚惊一场后,心情顿时开朗,病很快便不治而愈了。

后来人们把"杯弓蛇影"形容疑神疑鬼,自相惊扰。

成语接龙 CHENGYUJIELONG

杯弓蛇影→影影绰绰→绰绰有余→余音绕梁→梁上君子→子虚乌有→有口无心→心旷神怡→怡然自得→得心应手→手无寸铁→铁证如山→山穷水尽

老当益壮

东汉名将马援起初是一个名不见经传的小吏，但他见多识广，很有谋略。

马援原先在隗（kuí）嚣手下当差。

但时隔不久，他看出隗嚣是无能之辈，毅然离开了他。

隗嚣太无能了，我投奔刘秀去！

素闻先生大名，今日有先生相助，真乃我刘秀之大幸！我一定重用先生！

刘秀

谢谢君主赏识，微臣一定知恩图报，肝脑涂地！

每次打仗，马援总是身先士卒，勇往直前，从不后退。

杀！！！

在马援的指挥下，刘秀的军队所向披靡，势如破竹。

马援戎马生涯一生，直到六十二岁的时候他还领兵出征，最后病死在军营中。

别无长物

东晋时期,有一个叫王恭的人,曾经担任过丹阳尹,中书令,太子詹事,青、兖二州刺史等职。王恭生活非常简朴,为官正直,清廉敢言。

有一次,王恭随父亲到了东晋都城建康(今江苏南京)。他的同族王忱去看望他。两人坐在一张六尺长的竹席上,交谈彼此及亲友的近况,谈论学问见闻。王忱很喜欢他们坐的这张竹席,他心想:王恭从盛产竹子的会稽(今江苏绍兴)来到这,一定带了不少这样的席子。于是便开口向王恭讨要。王恭爽快地答应了,派人把竹席给王忱送去。因为王恭只有这一张竹席,以后他只好在草席上读书、吃饭。

王忱知道这个情况以后,非常吃惊,感到过意不去。他找到王恭,非常抱歉地对他说:"我原以为你一定会有好几张竹席,所以才开口向你要了一张,实在没有想到你只有这一张。"

王恭回答说:"您不太了解我了,我在生活上没有他求,清贫自爱,从来就没有什么多余的东西。"王忱听罢,对王恭廉洁简朴的美德更加敬佩了。

成语接龙 CHENGYUJIELONG

别无长物→物以类聚→聚精会神→神采飞扬→扬眉吐气→气味相投→投鼠忌器→器宇轩昂→昂首阔步→步履维艰→艰苦卓绝→绝处逢生→生死存亡

余音绕梁

韩娥是战国时韩国一个有名的歌女，她不仅长得美丽，而且歌声悠扬悦耳。

有一次，韩娥来到齐国的都城临淄（zī），在西城门卖唱维持生计。

韩娥的歌声柔美婉转。

唱得太好听了！

太美了！

太好了！

捧场，谢谢大家！

谢谢！

仿佛仍在屋梁周围荡漾回响，让大家以为她还没有离开！

韩娥唱完歌已经离开，可是她那悦耳的歌声好久也没消失。

韩娥什么时候再来啊！

几天后，仍有人不时来到韩娥唱歌的地方，希望她再次出现。

沧海遗珠

唐代有个著名的大臣叫狄(dí)仁杰,字怀英,并州太原人。青年时代的狄仁杰考中明经科进士,任汴州参军。

不久,狄仁杰遭人诬告,被撤了职。调查案件的官员阎立本在讯问狄仁杰时,发现他是个不可多得的奇才,对他表示了衷心的赞叹:"你真是沧海中的一颗明珠!可惜竟没有人识货,选择贤才时把你给遗漏了。"于是,阎立本不仅帮助狄仁杰洗清了冤屈,还推荐他做了并州法曹参军。

狄仁杰后来用一系列事实证明了他不愧为"沧海遗珠",表现出卓越的政治才能。当他在大理寺(当时主持审核刑狱案件的中央机关)里担任重要职务时,果断而明智地处理了不少疑难案件。

直到今天,民间还流传着不少狄仁杰断案的故事。在武则天当朝时,狄仁杰当上了宰相,成为朝廷一位举足轻重的名臣。

成语接龙 CHENGYUJIELONG

沧海遗珠→珠联璧合→合二为一→一心一意→意气风发→发扬光大→大快人心→心口如一→一诺千金→金玉良言→言归于好→好好先生→生离死别

夜 郎 自 大

在汉朝有个叫夜郎的小国家，不但国土面积很小，百姓也很少，物产更是少得可怜。

夜郎国国王总以为本国国土幅员辽阔，物产丰富而沾沾自喜。

一次，汉朝派使者来到夜郎，途中先经过夜郎的邻国滇（diān）国。

滇王

汉朝和我的国家比，哪个大？

这滇王脑袋有问题吧，小小的一个滇国怎么可能跟本汉朝相提并论！

随后，汉朝使节拜访夜郎国……

又是一个骄傲又无知的国王，他不知道自己统治的国家只和汉朝的一个县差不多大吗？！

夜郎王

拜见夜郎王！

免礼免礼！我有一个问题想请教你。汉朝和我的国家哪个大？

17

从善如流

春秋时，楚庄王率兵包围了郑国都城，郑襄公派人向晋国求救。晋国的栾（luán）书率大军救郑，与楚国的军队在绕角相遇。因为双方都感到没有必胜的把握，不敢轻易发起战斗。楚军主动撤军。

本来，晋军救郑的任务已经轻而易举地完成，可以体面地回去了。但晋军中的赵括、赵同等将领却提议乘机去攻打依附于楚国的蔡国，栾书便率军侵蔡。楚国的公子申、公子成率申、息二国的军队救蔡。双方在桑隧（suì）相遇，形成对峙状态。围绕着战与不战的问题，晋军的将领们展开了争论。

赵括、赵同等大多数人主张作战，而知庄子、范文子、韩献子三人却持反对意见。他们认为救郑的目的已经达到，如今攻蔡于理有亏。何况对方人少，如果打胜了，是以多胜少，也不光彩；打不赢则更可耻。栾书听从三人的意见，于是引兵回晋。

后来的事实证明，栾书没有按多数人的意见与楚军作战，而采取少数人的退军之策，是十分正确的。因而，有识之士称赞栾书"从善如流"，即听取正确的意见像流水那样快而自然。

成语接龙 CHENGYUJIELONG

从善如流→流芳百世→世外桃源→源远流长→长久之计→计上心头→头重脚轻→轻车简从→从容自如→如释重负→负荆请罪→罪魁祸首→首屈一指

大公无私

春秋时期晋国……

晋平公

南阳县缺个县令，你看谁去合适？

微臣觉得解狐是一个可以委任的人。

祁黄羊

解狐到任后果然替百姓办了不少好事，大家都称赞他。

又过了些日子……

朝廷里缺个法官，你看谁合适？

微臣觉得微臣的儿子祁午可以胜任此职。

祁午当上法官，果然也很称职。

孔子听到这件事，十分赞赏祁黄羊。

祁黄羊推荐人，完全是以才能为标准，既不排斥仇人，也不回避亲生儿子，真正做到了大公无私。

孔子

19

车水马龙

马后，是后汉初期的名将马援的女儿。汉明帝时，入宫为"妃"，后来升格为"后"，所以称为"马后"。到明帝的儿子章帝继任皇位时，"马后"就成了"马太后"。

汉章帝并不是马后的亲生儿子，但是章帝对她非常尊重。登基以后，章帝要给马家的几个舅舅分封官爵，一些见风使舵的大小臣子，乘机吹捧、怂恿，可是马后却坚决不同意。她说："凡是讨好取宠的人，都有他们图谋私利的目的。前几天我回家，看到几个舅舅都阔绰得很，拜候请安的客人，来来往往，'车如流水，马如游龙'，热闹极了。还看到他们家的佣人，都是穿得整整齐齐、漂漂亮亮的，我的马车夫比他们的差远了。我当时竭力抑制自己，没有责备，也没有生气。不过，从此就不再给他们生活补助了，让他们自己醒悟改过。如果还给他们分封官爵，那怎么行呢？"

成语接龙 CHENGYUJIELONG

车水马龙→龙马精神→神采飞扬→扬长而去→去伪存真→真相大白→白头偕老→老当益壮→壮志凌云→云中仙鹤→鹤立鸡群→群策群力→力争上游

一叶障目

他想：我要是能像螳螂一样，用叶子遮住自己该多好啊！

有个读书人，他在书上看到螳螂捕蝉时总是找一片树叶遮住身体。

有了，就用它试下！

夫人，看得见我吗？

夫人，看得见我吗？

如此重复很多遍后，他的夫人不耐烦地应付了他一句。

看得见。

看得见。

夫人，看得见我吗？

看不见，看不见！

你好大的胆子，敢在光天化日下偷东西！

哈哈！太好啦！我现在就去集市上试试！

看不见我，看不见我，哈哈！拿一个！

咦？这是怎么回事！

东山再起

东晋名士谢安,年轻时担任著作郎,从事编修国史的工作。他不愿当官而受到束缚,便借口有病,辞去官职,隐居在会稽的东山。

不久,吏部尚书范汪等向朝廷推荐谢安。朝廷几次召他做官,他也一次一次地找借口拒绝。当时在士大夫中流传着一句话:"谢安不出来做官,叫老百姓怎么办?"

谢安四十多岁时,家族里不少当官的人死去或被朝廷贬为平民,谢安对自己家族的命运感到忧虑。正好这时大司马桓温邀他当自己官府的幕僚,谢安答应了。

在谢安将要出任的那天,朝廷的官员都出来欢迎。中丞高崧(sōng)对谢安开玩笑说:"先生几次违背朝廷旨意,高卧东山。许多人劝您再次出来做官,您总是拒绝。想不到今天到底还是出来了。"谢安听了,非常惭愧。

谢安出山后,因很有政治和军事才能,不断得到提升。到晋孝武帝时,他被任命为宰相。在后来的淝水之战中大破秦军,创造了历史上以少胜多的著名战例。

成语接龙 CHENGYUJIELONG

东山再起→起承转合→合家欢聚→聚少离多→多多益善→善恶有报→报仇雪恨→恨之入骨→骨肉分离→离群索居→居无定所→所作所为→为富不仁

三人成虎

战国时，魏国大臣庞葱将陪太子到赵国去作人质。

他担心去赵国后有人说自己的坏话，魏王不再信任他。

魏王，微臣跟你讲一个故事。

好啊！爱卿请讲。

街市上没有老虎，这是明摆着的事，但是三个人都说那里有老虎，便真的有虎了！

如今我陪太子去邯郸，背后议论我的恐怕也不止三个人。希望大王不要轻易相信。

这……好吧！我知道了！

庞葱去赵国不久，果然有人在魏王面前说他的坏话。

呵…！不会吧！

大王，微臣了解到庞葱已经投奔赵国……

真有此事？！

好你个庞葱，我如此信任你，你竟有这种大逆不道的心思！

当庞葱从邯郸回来后，果真失去了魏王的信任，再也没被魏王接见。

打草惊蛇

五代十国时期，南唐有个王鲁，在当涂做县令。这个人非常贪财，专门敲诈勒索，到处接受贿赂。王鲁手下有一个主簿（掌管文书事务的官员），也营私舞弊，贪赃枉法。

有一天，王鲁正在坐堂问事，忽然拥来一群百姓，连状控告他的主簿贪污受贿。

王鲁接过状子一看，只见上面列举了这个主簿营私舞弊、贪赃枉法的条条罪行，并要求将他依法严办。

这个主簿的罪行，跟王鲁的所作所为完全相同。王鲁一边看，一边打寒战，不知道该怎样处理这件案子。

在众人的催促下，王鲁不由自主地在状子上批道："汝虽打草，吾已蛇惊。"意思是说，你们虽然打的是地上的草，但我像伏在草下的蛇，已经受到惊吓了。就这样，人们对主簿的指控，使王鲁也受到了警告。

打草惊蛇原比喻惩此戒彼。现比喻因行动不谨慎而先惊动了对方。

成语接龙 CHENGYUJIELONG

打草惊蛇→蛇蝎心肠→长短不一→一丝不苟→苟且偷生→生死之交→交浅言深→深居浅出→出将入相→相机行事→事倍功半→半途而废→废寝忘食

举 一 反 三

给弟子们教学……

有一天，孔子

举一隅，不以三隅反，则不复也。

意思是说当举出一个墙角，学生就应该独立思考，融会贯通。

而联想类推到其余三个墙角，并用其他三个墙角来反证先生指出的那个墙角。

如果能这样用心去学习和思考，使推理灵活化。

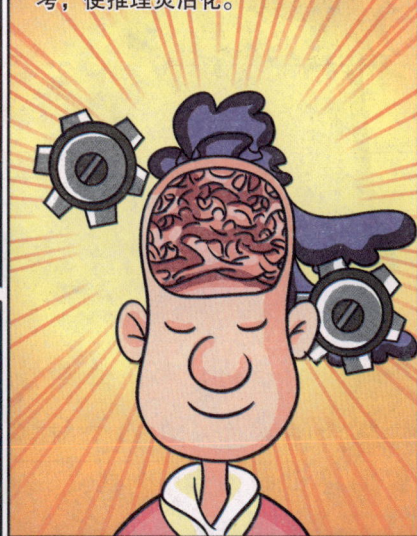

那么，老师就用不着再教他们了。

这孩子太聪明了，不错！

后来，大家就把孔子说的这段话变成了"举一反三"这句成语，意思是说，学一件东西，可以灵活地思考，运用到其他相类似的东西上。

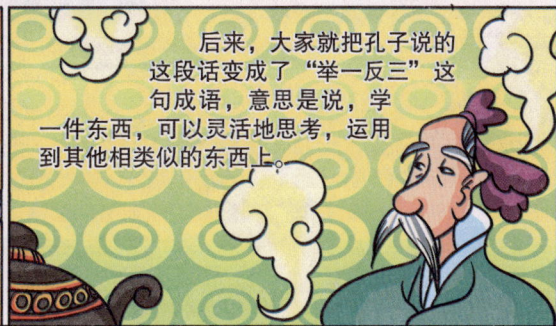

对牛弹琴

东汉末年,有个学者叫牟(móu)融,他对佛学颇有研究。但他向儒家学者宣讲佛义时,却不直接用佛经回答问题,而是引用儒家的《诗经》《尚书》来证明佛教的道理。儒家学者问他为何这样做?牟融平心静气地回答:"我知道你们没有读过佛经,如果和你们谈佛经,不是等于白讲吗?"

随后,牟融向他们讲了一个"对牛弹琴"的故事,说从前有个著名音乐家公明仪,一天,他对着一头正在吃草的牛,弹了一曲高深的"清角之操"。牛没有理会他,仍然自顾自地吃草。公明仪仔细观察了牛,明白不是牛听不见他的琴声,而是牛听不懂这种曲调,所以跟没有听见一样。他弄清原因后,又重弹起了一首像蚊子、牛蝇、小牛叫唤的乐曲。那牛立刻停止了吃草,摇着尾巴,竖起耳朵听起来。

牟融讲完这个故事后说:"我所以引用你们所懂的'诗书'来解释你们提出的问题,也就是这个道理啊!"那些学者这才心悦诚服了。

对牛弹琴比喻说话不看对象,对外行讲内行话或对不讲道理的人讲道理。

成语接龙 CHENGYUJIELONG

对牛弹琴→琴棋书画→画蛇添足→足智多谋→谋事在人→人山人海→海纳百川→川流不息→息事宁人→人心大快→快马争先→先入之见→见多识广

口若悬河

西晋的郭象是个才华出众的人。十几岁的时候，不仅读完很多古书，而且还能一口气背诵出来。

后来，他当上了黄门侍郎。

他还喜欢把所学知识应用在日常生活的细节里，所以他提出的见解往往比别人深刻，受到许多人的推崇。

不仅如此，他的口才也很好，讲起话来滔滔不绝、有声有色，大家都听得很入神。就连著名学者王衍也听得聚精会神。

大家快来听，郭象又说书论文了！

王衍

听郭象说话，就如看到瀑布流泻下来一样，滔滔不绝，好像永远不会停止。

果然不错……

覆水难收

汉代人朱买臣年轻时十分贫寒,靠打柴为生。他每天上山打柴,必定要带上书,肩上担着柴担,口中大声念书。他的妻子多次劝他不要这样做,认为是没有用的,白白遭人笑话。朱买臣不理睬她,妻子见他如此贫穷,料定他终无出头之日,便要朱买臣写下休书。她还对朱买臣说:"像你这样的人,最后只能饿死在沟中,怎会有富贵的一天呢?"朱买臣没有办法,只好让她离去。

后来,朱买臣终于做了官,任会稽太守。有一次他乘车到了吴界,看见他的前妻正与改嫁的丈夫一起,在为太守的车马铺路。

朱买臣命令手下用车子将前妻与她丈夫一起带回去,将他们安置在太守官邸后园住下,每日供给饮食。有一次,前妻跪在他面前请罪,请朱买臣与她恢复夫妻关系。朱买臣取来一盆水泼在地下,说:"你我的夫妻关系,就像这泼出去的水,再也收不回来了。"前妻既后悔又羞辱,于是收拾行李和丈夫离开了会稽。

覆水难收比喻事情已成定局,无法挽回。

成语接龙 CHENGYUJIELONG

覆水难收→收因结果→果不其然→然荻读书→书不尽言→言传身教→教导有方→方底圆盖→盖世无双→双管齐下→下不为例→例行公事→事在人为

28

兵贵神速

东汉末年,曹操为消除北方边境隐患,亲自领兵征讨北方三郡。

曹操人马、辎(zī)重太多,走了一个多月才到达河间的易城。

曹操
用兵贵在神速。现在到千里之外的地方作战,军用物资多,行军速度就慢。

谋士郭嘉
如果乌丸人知道我军的情况,就会有所准备。不如留下笨重的军械物资,部队轻装,以加倍的速度前进。

趁敌人没有防备,发起进攻,那就能大获全胜。

好主意!

曹军一路快速行军,直达蹋(tà)顿单于驻地。

乌丸人惊慌失措地应战,一败涂地,蹋顿和他的许多将领都死在乱军之中。

各自为政

　　春秋时期，宋晋结盟，引起了楚国的强烈不满。公元前607年，楚庄王命他的盟国——郑国去讨伐宋国。宋大将华元领兵前去迎战。决战前夕，华元为鼓舞士气，特地杀羊犒劳将士，宴席上一片欢腾。这时，一位副将问华元："怎不见您的车夫羊斟呢？"华元不屑地答道："他吗？一个赶车的，打仗又不靠他，让他来做什么？你不必操心！"

　　决战开始了，华元坐在羊斟赶的战车上指挥着全军。郑、宋势均力敌，难分胜负，华元命羊斟把战车赶向敌军力量最薄弱的地方。可是，羊斟却挥鞭反向而驰，把战车赶向了宋军最密集的地方。华元惊呼："你往哪里去？"羊斟恨恨地说："日前分吃羊肉，由你作主；今天的事儿，可得由我做主了。"因个人私怨，羊斟竟不惜做出了叛国的可耻行为，把战车赶进郑军的阵地。华元被俘，宋军也因之大败。

　　后来，人们根据羊斟的话引申出成语"各自为政"，表示同一阵营内部，各人按自己的主张办事，不顾整体，也不与别人配合协作。

成语接龙 CHENGYUJIELONG

　　各自为政→政见不合→合情合理→理直气壮→壮气吞牛→牛高马大→大器晚成→成仁取义→义重恩深→深更半夜→夜郎自大→大公无私→私心杂念

负荆请罪

战国时,出身低微的蔺相如对赵国有功,赵王提升他为上卿,官位在廉颇之上。

廉颇

蔺相如

蔺相如出身低微,他凭什么官位在我之上,我一定要当面羞辱他一番。

这话传到蔺相如耳朵……

你们听着,以后我们要尽量处处回避廉将军。

为什么?您官位比廉颇高,难道还怕他不成?

诸位请想一想,廉将军和秦王比,谁厉害?

当然秦王厉害!

秦王我都不怕,会怕廉将军吗?大家知道,秦王不敢进攻我们赵国,就因为武有廉颇,文有蔺相如。如果我们俩闹不和,就会削弱赵国的力量,我避开廉将军并不是怕他,而是以国事为重。

于是廉颇袒露上身,背着荆条向蔺相如请罪。从此,两人成了生死之交。

蔺相如的话传到了廉府。

蔺相如真是这么说的?唉,我真不如他啊!

狗尾续貂

西晋时期，晋武帝为了使晋朝的统治稳固，把皇族子弟都封了王，每个诸侯王都有自己的军队。晋武帝去世后，他的儿子晋惠帝昏庸无能，朝廷政事一窍不通。他当皇帝以后，朝政大权就落到了外戚杨骏的手中。杨骏专权，各诸侯王心中不服，都想找机会夺权。赵王（晋惠帝的叔叔司马伦）找到机会，发动了政变，掌握了朝政大权。过了一年，他又把晋惠帝软禁起来，自己当上了皇帝。

他当上皇帝以后，就把他的同党全都封了官，连以前的侍从、士兵也都给了大大小小的官职。那时候，当官的帽子上都要用貂的尾巴做装饰，每当上朝的时候，宫殿上到处都是戴着貂尾帽子的官员。因为司马伦封的官实在太多了，官库里收藏的貂尾巴全部用光了还不够，司马伦只好让他们去找些狗尾巴来代替貂尾巴。老百姓们知道这件事以后，就用"貂不足，狗尾续"的顺口溜来讽刺司马伦封官太多太滥。现指美中不足或以次充好。

成语接龙 CHENGYUJIELONG

狗尾续貂→貂裘换酒→酒足饭饱→饱经风霜→霜气横秋→秋月春风→风趣横生→生财有道→道尽途穷→穷山恶水→水涨船高→高傲自大→大大咧咧

指鹿为马

秦始皇死后，宦官赵高胁迫丞相李斯伪造遗诏，改立胡亥为帝，史称秦二世。

后来，赵高害死李斯，自己当了丞相，并觊觎皇帝之位。

一天……

诸位，这是我找到的一匹骏马，献给陛下。

赵高

秦二世

丞相搞错了吧？这明明是鹿，怎说是马？

这是马，不是鹿，您如果不信，可以问大臣们。

是马！

是鹿！

……

是鹿！

是马！

是鹿！

去，把那些说是鹿的都暗中除掉！

事后，赵高暗中迫害说真话的大臣，以后大家更畏惧他了。

好谋善断

公元208年,荆州牧刘表病死,他的儿子投降了曹操。依附于刘表的刘备在曹军的追击下,急忙向南撤退。刘备想联合孙权抗击曹操,就派诸葛亮去劝说孙权联合抗击曹操。诸葛亮说明来意后,孙权有些犹豫,诸葛亮分析说:"曹军远路赶来,非常疲劳;他们又都是北方人不习水战;荆州的军队刚投降曹操,内心不服。只要孙、刘同心协力。一定能打败曹军。"孙权听了,增强了联合刘备打败曹操的信心。

就在这时候,曹操派人到江东下战书。孙权召集部下继续商议,分析了曹军的弱点后,认为曹操犯了用兵之忌,周瑜要求孙权给他几万精兵,保证能打败曹操。孙权听了周瑜的话,抗曹的决心更坚定了。

公元208年10月,在赤壁,孙、刘联军利用曹军远来疲惫,疾疫流行,不习水战,后方又不稳定的弱点,用火攻击败曹操的水师,大破曹军。赤壁之战后,孙权地位更加巩固。刘备据有荆州大部地区,后又取得益州。从而形成了曹、孙、刘三方鼎立的局面。孙权当政时,由于善于寻求人才,自己也善于判断,因此把吴国治理得很强盛。

成语接龙 CHENGYUJIELONG

好谋善断→断章取义→义正词严→严阵以待→待价而沽→沽名钓誉→誉不绝口→口血未干→干净利落→落花流水→水落石出→出奇制胜→胜之不武

下笔成章

曹植从小聪明好学，写文章既快又有文采。

一天……

曹操

我看了你的文章，写得很好，是不是找人帮你写的？

儿子能出口成论，下笔成章，为什么要请人帮忙呢？父亲如不信，请当面试试我。

那我们就登上铜雀台去游览，然后你们每个人以铜雀台为题当场写一篇辞赋。

曹操带领三个儿子去了铜雀台。

是！

是！

曹植一会儿工夫就交了卷……

好诗好诗，不愧是我曹操的儿子！哈哈！

曹植虽然很有文学才华，但性情孤傲，喜欢饮酒，不如哥哥曹丕精明能干，后来曹丕做了曹操的继承人。

害群之马

一天,黄帝和随从到具茨(cí)山拜见贤人大隗(wěi)。他们来到襄城原野时,迷失了方向,路上一个行人也没有。这时,他们遇到一个放马的孩子,便问他:"你知道具茨山在哪吗?"孩子说:"当然知道了。"

"那么你知道大隗住在哪里吗?"孩子说:"知道。"黄帝说:"这孩子真叫人吃惊,他不但知道具茨山,还知道大隗住在哪里。那么你是否知道如何治理天下呢?"孩子推辞不说。黄帝又继续追问。

孩子说:"治理天下,就像你们在野外邀游一样,只管前行,不要无事生非,把政事搞得太复杂。我前几年在尘世间游历,常患头昏眼花的毛病。有一位长者教导我说:'你要乘着阳光之车,在襄城的原野上邀游,忘掉尘世间的一切。'现在我的毛病已经好了,我又要开始在茫茫世尘之外畅游。治理天下也应当像这样,我想用不着我来说什么。"

黄帝说:"你说的太含糊了,究竟该怎样治理天下呢?""治理天下,和我放马又有何不同呢?只要把危害马群的马驱逐出去就行了。"黄帝大受启发,叩头行了大礼,称牧童为天师,再三拜谢,方才离开。

成语接龙 CHENGYUJIELONG

害群之马→马到成功→功败垂成→成人之美→美中不足→足不出户→户告人晓→晓以大义→义薄云天→天高云淡→淡泊名利→利欲熏心→心服口服

风吹草动

春秋时期，楚国人伍子胥的父亲和哥哥都被楚平王杀害了，为了替父兄报仇，伍子胥乔装打扮要去投奔吴国。

当他逃出楚国昭关口，来到一条河边时，微风吹动了河边的芦苇，他赶忙躲藏在芦苇之中。

有渔船！太好了！

看你气度不凡，你是何人？

在下伍子胥，正遭楚王追杀。

渔夫，渔夫，快快把我送过河去！

哦！看你为人正直，我帮你了！

渔翁很同情他，不仅帮他渡过大河，还拿来米饭、鱼羹给他吃。

唐代有人写成《伍子胥变文》，用"风吹草动，即便藏形"来形容他逃亡时的情景。

囫囵吞枣

　　传说古时候，有一个大夫向人们介绍梨和枣的功用时说："梨子对于人的牙齿有益，但吃多了对人的脾胃有害；枣子正好相反，它对人的脾胃有好处，吃多了则对人的牙齿有害处。"旁边一个呆子听了这话，略一思考说道："我倒有个好办法可以避免它们的害处！"

　　医生听了很感兴趣，催问道："快说吧，是什么好办法呢！"这个呆子自以为是，得意极了，慢吞吞地答道："吃梨子的时候，只用牙齿咀嚼，不咽到肚子里去，就损害不了我的脾胃；吃枣子时，不用牙齿咀嚼，而把它一口吞下去，这样就损害不了我的牙。"

　　旁边的一个人听了这话，忍不住笑了起来，打趣地说："你吃梨不咽，肠胃没有吸收，怎么能有益于牙齿呢？你吃枣子一个一个地囫(hú)囵(lún)吞下去而不经咀嚼，肠胃同样不能消化和吸收，又怎能对脾胃产生好处？"

　　"囫囵"是整个儿的意思。把整个儿枣子吞下去，不加咀嚼，不辨滋味，就叫"囫囵吞枣"。这个成语比喻看书、学习不求消化理解，死记硬背，生搬硬套。

成语接龙 CHENGYUJIELONG

囫囵吞枣→枣祸梨灾→灾难深重→重气轻生→生死未卜→卜夜卜昼→昼夜兼行→行云流水→水火不容→容光焕发→发扬光大→大逆不道→道学先生

一鸣惊人

春秋时，齐威王整天吃喝玩乐，不管国家大事，使齐国的国势越来越弱。大臣们很是着急，但又不敢直言进谏。

一天……

大王，我有一个谜语故事想讲给大王听。

淳于髡

谜语？好的！快说！

齐国有只大鸟，住在宫廷中已经三年，它不飞也不叫，您说这是只什么鸟？

这是在讽刺我嘛！看来这些日子我过的是颓废了些！

这只大鸟嘛，你不知道，它不飞则已，一飞冲天；不鸣则已，一鸣惊人。你等着瞧吧！

果然，从那以后，齐威王精心处理国家政事，齐国也越来越强大了。

39

黄雀衔环

　　传说汉代人杨宝十九岁那年,一次从华阴山北面经过,看见一只猫头鹰追赶一只黄雀,黄雀被猫头鹰抓伤,掉在树下,浑身伤痕累累,动弹不得,十分痛苦。杨宝很同情黄雀,把它带回家中,每天精心地照料。慢慢的,黄雀身上的伤口痊愈了。杨宝依依不舍地放走了黄雀,它终于又能在天上高高地飞翔了。几天之后,黄雀终于飞走了。

　　就在黄雀飞走的当天夜里,杨宝读书到了三更时分,忽然从门外走进一个穿黄衣服的童子,向他跪拜行礼。杨宝很惊奇地问他是谁,来干什么。童子毕恭毕敬地对他说:"我就是你救的那只黄雀,我本是西王母的使者。那天我奉王母之命出使蓬莱,途中不慎被猫头鹰伤害。若不是你以仁爱之心将我拯救,我早已死于非命。千言万语也难以表达我的感激之情。"

　　说完,他取出四个白色的玉环赠给杨宝,并对他说:"祝你的子孙如这玉环般洁白,位居三公。"说罢倏然不见。果然,杨宝的后代后来都做了大官。黄雀衔环是指要知恩图报。

成语接龙 CHENGYUJIELONG

黄雀衔环→环堵萧然→然荻读书→书不释手→手到病除→除暴安良→良辰美景→景入桑榆→榆枋之见→见多识广→广开言路→路见不平→平安无事

亡羊补牢

从前，有个人养了一圈羊。

一、二、三、四……为什么少了一只？

原来羊圈破了个窟窿……

赶快把羊圈修一修，堵上窟窿吧！

羊已经丢了，还修羊圈干什么。

第二天……

哇！！

又少了一只！

真后悔没有听邻居的劝告，我还是赶紧堵上窟窿，修好羊圈吧。

从此，狼再也不能钻入羊圈叼羊了。

41

井底之蛙

一口废井里住着一只青蛙。一天，青蛙在井边碰上了一只从海里来的大龟。青蛙就对海龟夸口说："你看，我住在这里多快乐！有时高兴了，就在井栏边跳跃一阵；疲倦了，就回到井里，睡在砖洞边。或者只留出头和嘴巴，安安静静地把全身泡在水里；或者在软绵绵的泥浆里散一回步，也很舒适。看看那些虾和蝌蚪，谁也比不上我。而且，我是这个井里的主人，在这井里自由自在，你为什么不常到井里来游赏呢！"海龟听了青蛙的话，倒真想进去看看。但它的左脚还没有整个伸进去，右脚就已经绊住了。它连忙后退了两步，把大海的情形告诉青蛙："你看过海吗？海的广大，哪止千里；海的深度，哪止千来丈。古时候，十年有九年淹大水，海里的水，并不见涨了多少；后来，八年里有七年大旱，海里的水，也不见得浅了多少。可见大海是不受旱涝影响的。住在那样的大海里，才是真的快乐呢！"青蛙听了海龟的一番话，吃惊地呆在那里，再没有话可说了。

井底之蛙比喻见识狭窄。

成语接龙 CHENGYUJIELONG

井底之蛙→蛙螟胜负→负才傲物→物美价廉→廉洁奉公→公报私仇→仇深似海→海纳百川→川泽纳污→污七八糟→糟糠之妻→妻离子散→散言碎语

空前绝后

唐朝有个画家吴道子，他集绘画、书法大成于一身。

他的山水、佛像画闻名当时，而且写得一手好字，有"书圣"之称。

据说，他曾为唐玄宗画巨幅嘉陵江图，几百里山水竟在一天内画好了。

他在景玄寺中画"地狱变相图"，不画鬼怪而阴森逼人。

阿弥陀佛，我要改过自新。

原来地狱是这个样呀！

后人评价吴道子的绘画成就时说："晋朝顾恺之的画是超越前人的，南北朝张僧繇的画是后人不及的。而吴道子的画则兼有了两人的长处，是空前绝后的。"

43

嗟来之食

春秋时,齐国发生了很严重的饥荒,大道上天天可见到许多饥饿的难民。

有个富翁名叫黔(qián)敖,看着穷人们一个个饿得东倒西歪,就在路边做了稀粥,让那些过往的难民吃了充饥。但是,他的态度非常傲慢,自以为是大恩大德的活菩萨。

一天,路上来了一个饥民,他已经饿得有气无力,用袖子蒙着脸,拖着脚步跌跌撞撞地走来。黔敖站了起身来,左手端一碗饭,右手端一碗汤,向他大声吆喝道:"喂,快到这里来吃!"

黔敖满以为那个人会迫不及待地扑上来吃饭,谁知那饥民不但不来吃,反而瞪大了眼睛狠狠地盯住黔敖,说:"我就是因为不吃嗟来之食,才饿成现在这样子的。"

黔敖走到他面前,为刚才的态度道了歉,又十分诚恳地劝那人吃饭。但那饥民非常固执,仍坚决不肯吃,最后饿死在路上。

嗟来之食比喻带有侮辱性的施舍。

成语接龙 CHENGYUJIELONG

嗟来之食→食不充口→口不择言→言不达意→意料之外→外合里应→应答如流→流芳后世→世代书香→香车宝马→马不解鞍→鞍前马后→后发制人

虎口余生
一个寒冷冬天的早晨，宋朝人朱泰上山砍柴。
好累！休息下！
吼
呜～
回家后……
娘，我今天在山中打柴被老虎咬了一口！
儿啊，你真是虎口余生啊！

家 徒 四 壁

西汉时期,有个叫司马相如的人,他爱好读书,还会击剑,但家境贫寒,幸与临邛(qióng)县令王吉相熟,被安顿在城外的"都亭"中。

卓王孙是临邛的富户,想与司马相如相识,几次邀请,均遭拒绝。后经王吉相迎,才应邀赴宴。在宴会上,司马相如奏琴,博得众人称赞,躲在屏风后面的卓王孙的女儿卓文君也十分爱慕他。相如作了一曲《凤求凰》,文君听了,立即明白了相如的情意。二人秘密约定,半夜离开临邛县,回到了相如的故乡成都。

司马相如非常贫穷,他们家里除了四周的墙壁外,一无所有,但文君毫不计较。卓王孙不肯救济女儿,文君便和相如一起回到临邛,以卖酒为生,给卓王孙难堪。卓王孙无奈,只好分给文君一笔家产,打发他们离开临邛。

于是,相如和文君在成都购买田宅,过上了幸福的生活。"家徒四壁"这个成语由此而来,形容家中贫困、一无所有的情形。

成语接龙 CHENGYUJIELONG

家徒四壁→壁垒森严→严阵以待→待价而沽→沽名钓誉→誉满天下→下笔有神→神兵天将→将错就错→错综复杂→杂乱无章→章决句断→断壁残垣

道听途说

战国时，有个叫艾子的人从楚国回到齐国。

刚进城门，遇到了爱说空话的毛空。

你可知道一件有趣的事：有个人家的一只鸭子，一次下了一百个蛋。

毛空

还有上个月，天上掉下一块肉来，长三十丈，宽十丈。

你说的那只鸭是谁家养的？你说的那块肉掉在了什么地方？

我是在路上听别人说的。

艾子回到家，跟学生们叮嘱。

你们可不要像别人那样"道听途说"啊！

弟子明白！

47

开 卷 有 益

宋太宗赵光义很喜欢读文史书籍。但由于典籍浩繁，他觉得读也读不完；尤其是想要查阅一些同类资料时，更感不便。

公元977年（太平兴国二年），宋太宗把文臣李昉（fǎng）等人召来，命李昉主持编辑一部类书。

经过将近七年的努力，李昉等人终于编成了一部有一千卷、分五十五个门类的具有学术价值的大型类书。因为是太平年间编成的，所以他们把它称为《太平总类》。书送了宋太宗那儿，他非常高兴，每日阅览，所以把书名改为《太平御览》。

宋太宗很重视《太平御览》，规定自己每天要看三卷。有时，他要处理其他的事情，没能按计划阅读，就在空暇的日子补读。侍臣怕他读的时间过长而影响健康，就劝他休息。太宗说："开卷有益啊！只要翻开书卷阅读，就会有收获，有了收获我就不觉得疲劳！"

成语接龙 CHENGYUJIELONG

开卷有益→益国利民→民不聊生→生财有道→道不拾遗→遗臭万年→年富力强→强词夺理→理屈词穷→穷兵黩武→武断专横→横冲直撞→撞阵冲军

水落石出

晚秋的夜晚，苏轼和一个朋友一起在城外散步。

苏兄，如此美景，不做诗太可惜了！

不过没酒是一个遗憾，现在回家去拿！

苏轼急忙赶回家中，拿出一坛久藏的美酒。

酒

然后又和友人来到赤壁下的长江岸边，登上小舟，一起游玩。

此时，东流的江水发出潺潺的声响，在寂静的夜晚显得特别清脆，一座座高大的山峰巍然屹立，悬在山峰间的月亮越来越小了；江水下落，沉在江水之下的石头都露出来了。由于兴致极浓，苏轼在一夜之间便写出了传世名作《后赤壁赋》。

49

塞翁失马

古时候，北方边塞有位老人，人们叫他塞翁。一天，他家的一匹马跑到塞外去了。大家得知此事，都替他惋惜。塞翁说："丢了一匹马而已，不一定是什么坏事！"过了一段日子，塞翁家的那匹马自己跑了回来，还带来了一匹胡人的骏马。大家知道后，都来向塞翁道贺。塞翁皱着眉头说："这有什么值得高兴的，这不一定是好事！"

塞翁的儿子很喜欢骑马，一天，胡马把塞翁的儿子掀翻在地，他被摔断了一条腿，落了个终生伤残。大家纷纷赶来慰问。可塞翁一点也不难过，反而劝慰大家："他的腿瘸了，但也可能因祸得福啊！"

一年后，胡人挥戈南下入侵边塞。边塞上的所有青壮年男子都应征入伍，大部分的人都死在了战场上。塞翁的儿子因腿残没去打仗，和年迈的塞翁一起保全了性命。

塞翁失马比喻虽然暂时受到损失，却可能因此得到好处，坏事在某些条件下可能变成好事。

成语接龙 CHENGYUJIELONG

塞翁失马→马首是瞻→瞻前顾后→后继有人→人杰地灵→灵机一动→动荡不安→安如泰山→山穷水尽→尽善尽美→美中不足→足智多谋→谋事在人

出奇制胜

战国时期，燕国进攻齐国，打得齐国只剩下莒（jǔ）和即墨两座城池了。

田单

田单大将军，我们城中的首领已战死，大家一致决定让你来当我们的统领！

大家先放出口信说齐军即将投降，然后叫城里的富豪拿黄金去贿赂燕军，使燕军信以为真，对我军懈怠，然后趁机……

谢谢大家对我的信任，现在的情况大家也知道，不过想要获胜也不是不可能！

然后我们再将城中的一千多头牛集中起来，牛头上绑刀，尾巴上点火放出去，后面跟上五千精兵。牛因为尾巴着了火就会拼命地往前奔，燕军看到一定会惊恐失措，这样我们便可打败他们了。

妙！大将军果然足智多谋啊！

于是，齐军按照田单的计谋出奇制胜大败燕军，一直把燕军赶出国境，齐国失去的七十多座城池，终于全部收复了。

利令智昏

战国时期，秦昭王令大将白起率军攻打韩国。秦军一路旗开得胜，攻陷了野王，直逼上党。上党守将冯亭看到野王既已失陷，上党孤立无援，很难保住，于是决定把上党献给赵国，以便得到赵国的保护。

赵国的平原君赵豹认为，平白无故接受人家的好处，是祸患的根源，便劝导赵孝成王不要接受。可是平原君赵胜却被眼前的利益蒙住了双眼，认为不费一兵一卒就白白得到了上党这么一块好地方，何乐而不为？因此极力主张接受上党。平原君的主张正好迎合了赵孝成王的心思。赵国接受了上党，并封冯亭为华阳君。

眼看就要到嘴的这块肥肉轻易地被赵国得到，秦国极为恼怒，于是派大将白起率军大举进攻赵国。战争一直持续了三年，最后赵国四十万大军在长平全军覆没。这就是历史上著名的"长平之战"。

司马迁对这段历史评述说，平原君不是凡夫俗子，却有时也不明白大道理。俗话说，"利"这个东西，能使聪明人丧失理智。

成语接龙 CHENGYUJIELONG

利令智昏→昏天黑地→地大物博→博古通今→今非昔比→比翼双飞→飞短流长→长命百岁→岁月如流→流芳百世→世外桃源→源源不绝→绝无仅有

水深火热

春秋时期，燕国发生内战，齐国乘虚而入，派大将匡章一举攻下燕国。

但匡章治军不严，士兵打杀百姓，燕人又起来反抗。

到底该拿下燕国还是放弃燕国？

齐宣王

关于吞并燕国这件事，当地百姓高兴就吞并它，当地百姓不高兴，那就不要吞并它。

孟子

当初齐军攻燕，燕国百姓端茶送饭表示欢迎，那是因为燕国百姓想摆脱苦日子。

而如今齐国进而吞并燕国，给燕人带来灾难，使他们陷入水深火热之中，那么他们必然盼望走出困境。

齐宣王听了孟子的话，放弃了吞并燕国的想法。

柳暗花明

陆游是南宋著名的爱国诗人。由于他力主抗金，受到朝廷主和派的排挤，被免去隆兴（今南昌）通判的职务，遣送回家乡山阴。那里山清水秀，松竹成阴，屋前场后种着海棠、辛夷、杜鹃等奇花异草，是个风景美丽的地方。

一天，风和日丽，气候爽人。陆游一个人拄着拐杖，沿着镜湖，踏上了去西山游览的道路。走着走着，山路渐渐盘曲起来。大约走了一个多时辰，人烟越来越少。当他登上一个斜坡时，只见前面山重水复，无路可走了。陆游游兴正浓，不肯回去，便顺着山坡向前走了几十步，拐过山角，突然发现前面有一片空旷的谷地，一个几十户人家的村庄掩映在绿柳红花之中，像传说里的桃花源一样。陆游高兴极了，进村去拜访村民，村民们也盛情款待了这位来自山外的客人。

陆游回去以后，写了一首著名的七言律诗《游山西村》，其中的"山重水复疑无路，柳暗花明又一村"成为千古传颂的名句。后人用"柳暗花明"作成语，形容绿柳成阴、繁花似锦的景象。也比喻在困难中遇到转机。

成语接龙 CHENGYUJIELONG

柳暗花明→明哲保身→身经百战→战无不胜→胜任愉快→快意当前→前所未有→有生以来→来去分明→明知故问→问牛知马→马到成功→功成名就

水滴石穿

宋朝初年的一天傍晚，崇阳县令张乖崖在官府周围散步。

站住，你为什么会如此慌张！是不是偷了什么东西？！

啊？这……

啊！大人饶了小的，我只偷了一枚铜钱！

什么？走！

张乖崖大怒，把小吏押回县衙大堂痛打一顿，小吏不服。

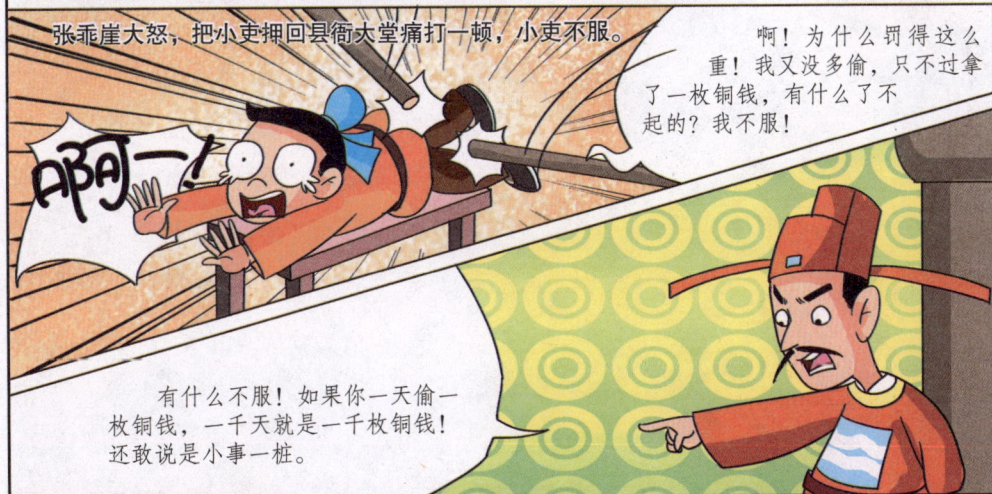

啊呵一！

啊！为什么罚得这么重！我又没多偷，只不过拿了一枚铜钱，有什么了不起？我不服！

有什么不服！如果你一天偷一枚铜钱，一千天就是一千枚铜钱！还敢说是小事一桩。

就像绳子锯木头，滴水穿石一样，日子长了，木头会被锯断，石头也会被滴穿。

照你这样下去，以后你必定是大罪！

我知错了！

怒发冲冠

战国时期,一天,赵惠文王对大臣们说:"秦王想用十五城交换我的和氏璧,此去任务重大,该派哪位大臣出使秦国呢?"大臣们都不敢担此大任。

蔺相如说:"如果的确没有人,我愿替大王前往。秦国的城池划归我国,我就把和氏璧留在秦国;城池未划归我国,我就把它完整地带回来。"于是,蔺相如带着和氏璧出使秦国。

到了秦国,秦王高坐章台。蔺相如奉璧献上。秦王非常高兴,自己把玩一阵之后,又递给身边的宫娥彩女观看,然后再递给臣下。众人都高兴地呼喊万岁。

这种极为傲慢的态度激怒了蔺相如,他知道秦王无意按约划城给赵国,就向前说:"大王,璧上有一点儿黑斑,我想指给大王看看。"秦王把璧递给蔺相如,蔺相如紧握着璧退后,倚着柱子,愤怒得连头发都向上冲动了帽子,然后,举璧准备掷向柱子。秦王怕击碎了玉,连忙缓和下来。后来蔺相如机智地用计把和氏璧带回了赵国。

成语接龙 CHENGYUJIELONG

怒发冲冠→冠冕堂皇→皇天后土→土崩瓦解→解纷排难→难分难舍→舍己救人→人才辈出→出尘不染→染苍染黄→黄道吉日→日薄西山→山崩地陷

出人头地

当时的主考官是翰林学士欧阳修。

北宋著名文学家苏轼，文章写得很好，二十岁时便进京参加进士考试。

当他看到《刑赏忠厚论》这篇文章时，十分高兴，便准备取为第一。

由于考卷上考生的名字是封住的，欧阳修以为是他的学生曾巩写的，为了避嫌，只好取其为第二名进士。

后来当欧阳修得知此文是苏轼写的时，觉得委屈了苏轼，再看到苏轼所作的其他篇章时，更是赞叹不已。

人才啊！

欧阳修写信给当时德高望重的梅尧臣说："苏轼文学才华尤甚于我，我应该避开他，好让他出人头地啊！"

抛砖引玉

河北赵州有一个和尚，名叫从稔(rěn)。有一次登坛说法，从稔禅师有意说："今夜答话，有闻法解悟者出来。"此时一个小和尚沉不住气，以解问者自居，走了出来。从稔禅师看了他一眼，摇摇头说道："本来抛砖引玉，却引得个未烧的砖坯子。"

在《谈征》里，还记载了一个故事。唐代文人赵嘏(gǔ)颇有才气，他作的《长安晚秋》令当时鼎鼎大名的杜牧也非常喜欢，而且特别欣赏其中"长笛一声人倚楼"一句，因此人们又叫赵嘏为"赵倚楼"。

当时，有位叫常建的诗人非常仰慕赵嘏的诗才。有次赵嘏来到吴地，常建猜想他一定会去灵岩寺游览，便赶先一步，在寺里墙上写了两句未完的诗，以待赵嘏来续。果然，赵嘏来到灵岩寺，看到墙上的两句诗，不由得诗兴大发，欣然提笔，补写成完整的一首诗。由于常建的前两句诗不如赵嘏的后两句诗好，所以大家把这种做法叫作"抛砖引玉"，即抛出一块砖头，引来一块宝玉。

成语接龙 CHENGYUJIELONG

抛砖引玉→玉成其事→事半功倍→倍道而行→行不从径→径情直遂→遂非文过→过从甚密→密不透风→风尘碌碌→碌碌无为→为非作恶→恶贯满盈

闻鸡起舞

年轻的祖逖和诗人刘琨志同道合。他俩平时住在一起，互相勉励，都想有机会为国家效劳。

祖逖　　刘琨

喔喔喔

喂！起来！

你听，鸡啼声多么清脆悦耳，它引吭高鸣，不就是要唤醒有为的青年发愤图强吗？咱们干脆以后听见鸡叫就起床练剑如何？

好啊！

于是他们每天鸡叫后就起床练剑，寒来暑往，从不间断。

功夫不负有心人，经过长期的刻苦学习和训练，他们终于成为能文能武的全才，成就了一番丰功伟业。

破镜重圆

南朝陈国最后一个皇帝陈霸先的妹妹乐昌公主,才貌双全,她与驸马徐德言感情很好。但不久隋朝军队打来了,陈国危在旦夕。于是徐德言将铜镜一破两半,并约好若不幸离散,以后在正月十五元宵节这一天,各人拿着半面破镜到街上卖,以便好寻找机会见面。

后来,陈国被隋灭掉,徐德言和公主失散了。乐昌公主被隋文帝大臣杨素占有。第二年正月十五日,徐德言如前所约拿着铜镜到街上卖。正巧,他碰上一个仆人也拿着半面铜镜在叫卖。他上前拿过来看,与自己的并合,正是原来的铜镜。徐德言见物思人,不觉流下泪来,泪水洗亮了镜子。他在那半面镜上题诗一首:"镜与人俱去,镜归人未归;无复嫦娥影,空留日月辉。"仆人将题诗的半面镜子带回拿给乐昌公主看,公主悲伤万分。杨素知道这件事后,便把徐德言找来,请他一同喝酒。在酒宴上乐昌公主作了一首诗,诗中写道:"今日何迁次,新官对旧官;笑啼俱不敢,方验做人难。"杨素后来让他俩重新团圆。他们夫妻一块回到江南,白头偕老。

成语接龙 CHENGYUJIELONG

破镜重圆→圆孔方木→木本水源→源清流洁→洁身自爱→爱不释手→手不释卷→卷土重来→来龙去脉→脉脉含情→情不自禁→禁暴正乱→乱臣贼子

一诺千金

季布是秦末汉初楚地著名的侠客，他性格耿直，乐于助人，最可贵的是他特别讲信用。

季布被刘邦封为郎中后，曹丘去投靠他。

季布见到曹丘，流露出不耐烦的神色。

在楚地，人人都说您很重信义，说是得到千金也不如得到您的一句许诺，您是怎样得到这种美誉的呢？

我们都是楚地人，也算是同乡。我在天下到处宣扬您的美名，使您占据百姓心中。您怎么这样无情地对待我呢？

先生息怒！这是在下的不是，我立刻把你待为上宾！

后来曹丘离开时，季布还送给他许多礼物。

神 机 妙 算

公元208年，曹操率十万兵马南下，企图消灭南方的孙权、刘备势力，统一天下。孙权听取了诸葛亮的建议，决心与刘备合兵一处，誓死杀敌。东吴大都督周瑜十分嫉妒诸葛亮的才能，总想找机会除掉他。

一日，诸葛亮立下军令状称：自己在三日之内造出十万枝箭，如果完不成任务，甘愿被杀头。周瑜暗中吩咐造箭军匠，让他们故意拖延时间，以使诸葛亮无法如期完成任务。两天时间过去了，诸葛亮一点也不慌乱。第三天五更时分，诸葛亮私下向鲁肃要了二十只快船，每只船上都挂上了青布帐篷，摆上一千多个草人。诸葛亮趁黎明前的那阵大雾，命士兵将草船驶近曹军水寨前，诸葛亮和鲁肃一边在船中饮酒，一边命士兵在船上击鼓呐喊，装出要攻打曹军的架势。

曹操慌忙命曹军奋力射箭。霎时，曹操水陆两军一万多个弓箭手一齐朝江中射箭。雾散之后，诸葛亮立即下令各船迅速撤回。这时，二十只草船上已挂满了箭枝，远远超过十万。鲁肃便把事情的经过告诉了周瑜，周瑜听罢叹道："诸葛亮神机妙算，我不如他啊！"

成语接龙 CHENGYUJIELONG

神机妙算→算无遗策→策马飞舆→舆死扶伤→伤风败俗→俗下文字→字里行间→间不容发→发奋图强→强本节用→用武之地→地广人稀→稀奇古怪

铁杵磨成针

唐朝大诗人李白小时候很贪玩，不爱学习。

哦！去玩哦！

有一天，他看见一位老奶奶在石头上吃力地磨一根铁棒……

咦？

我要把这根铁棒磨成针啊！

老奶奶，你在干什么呢？

啊？

这么粗的铁棒，得磨到什么时候才能磨成针啊？

孩子，只要天天磨，总有一天会磨细的。

真佩服老奶奶的毅力哦，我要向她学习！

孩子，不论做什么事，只要你有恒心，总会成功的。

看来我真的错了！我辜负了爹娘对我的期望。

这件事使李白深受感动，从此他认真读书，终于成了千古流芳的伟大诗人。

锲而不舍

荀子名况,战国末期赵国人,是我国古代著名的哲学家、教育家。他写过一篇名叫《劝学》的文章,运用许多确切的比喻,来劝导人们坚持不懈地认真学习。文章一开始就写道,人接受教育、寻求学问,是不可废弃的。靛(diàn)青这种染料是在蓝草中提炼出来的,但它的颜色却比蓝草更深。这是他用来比喻学生胜过老师,或者后人胜过前人。这就是所谓的"青出于蓝,而胜于蓝"。

荀子又用镂金石来比喻学习要持之以恒,坚持不懈。他写道,刻一下就停下手来,烂木头也刻不断;不停地刻下去,即使是坚硬的金属和石头,也可以把它们刻穿。所以人们要用"锲而不舍"的精神来学习,这样就一定能取得成功。

《劝学》中还写道,"不积跬步,无以至千里;不积小流,无以成江海"。意思是不一步一步地走,不会到千里之外;不积蓄小河的水,不会成为江海。它用来比喻学习是一个由少到多、日积月累的过程;高深的学问和渊博的知识,是一点一滴积累起来的。

成语接龙 CHENGYUJIELONG

锲而不舍→舍本求末→末大必折→折冲厌难→难得糊涂→涂脂抹粉→粉面油头→头昏目眩→眩目惊心→心安理得→得不偿失→失道寡助→助人为乐

口蜜腹剑

唐玄宗时李林甫任兵部尚书兼中书令。

他外表看来和蔼可亲，嘴里也总爱说别人爱听的话。

但实际上却非常阴险狡猾，常常表面一套，背后一套，暗中害人。

凡是才能比他强、声望比他高的人，他都想尽一切办法打击迫害。

但他在唐玄宗面前却极力奉承，讨好唐玄宗宠爱的妃嫔及心腹太监，以巩固自己的位置。

凭这种本领，李林甫一共做了十九年宰相。宋代司马光对他进行了深刻地评价。

口有蜜腹有剑

三生有幸

唐朝有一个和尚,法号圆泽。一天,他和朋友李源善一同去旅行,路过一处地方,看见一个孕妇在河边汲水,那位妇人的肚子很大。圆泽当即落泪,指着妇人对李源善说:"那是我下辈子的亲娘,她姓王,我得给她做儿子去了。三天之后,这位妇人会生产,到那个时候请你到她家去看看,如果婴孩对你笑一笑,就是我了。就拿这一笑作为凭证吧!再等到第十三年中秋的月夜,我在杭州天竺寺等你,那时我们再相会罢。"

他们分别后,就在这一天夜里,圆泽果然死了,同时那个孕妇也生了一个男孩。第三天,李源善按照圆泽的话,到那位妇人家里去探望,婴儿果然对他笑了一笑。等到第十三年后的中秋月夜,李源善如期到达天竺寺去寻访。刚到寺门口,就看到一个牧童在牛背上坐着唱歌,道:"三生石上旧精魂,赏月吟风不要论,惭愧情人远相访,此身虽异性常存。"

"三生"指前生、今生、来生。"三生有幸"形容运气、机遇特别好。

成语接龙 CHENGYUJIELONG

三生有幸→幸灾乐祸→祸不妄至→至高无上→上情下达→达权知变→变化多端→端本正源→源远流长→长驱直入→入木三分→分文不取→取信于民

半途而废

战国时期，有个叫乐羊子的人，到邻国去拜师求学。

一天，乐羊子折返而回。

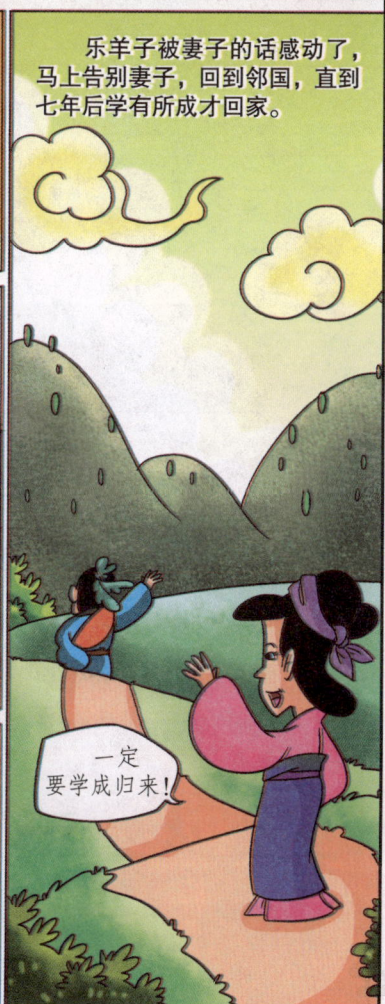

夫人，我回来了！

你怎么这么快就学成回来了？！

这……夫人，我在外面实在太想你了，就回来看看。

乐羊子被妻子的话感动了，马上告别妻子，回到邻国，直到七年后学有所成才回家。

啊——夫人，你这是做什么！

乐羊子妻随手拿起一匹布将它撕裂……

布是一丝一丝织成的，我现在把它撕裂了，以前的工夫就白费了。你求学和我织布不是一个道理吗？

夫人，我错了！

一定要学成归来！

67

上 行 下 效

春秋时期，齐国国君齐桓公特别喜欢穿紫色的衣服，哪知全国的人都跟着穿紫衣服。因此，紫布的价格猛涨，五件纯白色的衣服，还赶不上一件紫衣服的价钱。对此，齐桓公很担心，他对丞相管仲说："我喜欢穿紫色衣服，致使紫衣服的价钱很贵。现在全国的人都跟着穿紫衣服，你说该怎么办？"

管仲回答说："您可以试着不穿紫衣服了，并且对左右的人说，我讨厌紫衣服的臭味。如果左右有人穿紫衣服进宫，您就说：'离我远一点，我非常讨厌紫衣服的臭味。'这样，或许别人就不会穿紫衣服了。"

以后，齐桓公就按照管仲的建议去做，果然，当天宫中就没有人再穿紫衣服了。第二天，都城里没有人穿紫衣服了，到了第三天，全国的人都没有穿紫衣服了。

后来，人们根据这个故事，引申出"上行下效"这个成语，比喻上面的人怎么做，下边的人就跟着怎么做。

成语接龙 CHENGYUJIELONG

上行下效→效颦学步→步步为营→营私舞弊→弊衣蔬食→食不求甘→甘拜下风→风尘不变→变化无穷→穷工极巧→巧立名目→目瞪口呆→呆若木鸡

废寝忘食

孔子六十四岁那年，来到楚国的叶邑。

孔先生来了！我一定要好好招待！

叶邑大夫沈诸梁

我只知道孔子是一个思想家、政治家，有许多优秀的学生，但不知道孔子的为人如何？

对了！去问孔圣人身边的人不就知道了！

子路，请问孔先生为人如何！？

这……？

你也不知道吗？

子路

后来，孔子知道了这件事……

子路，听说叶邑大夫沈诸梁问我为人如何，你怎么不回答他说"孔子的为人呀，努力学习而不知厌倦，甚至于忘记了吃饭；津津乐道于授业传道，而从不担忧受贫受苦；自强不息甚至于忘记了自己的年龄"呢？

束之高阁

东晋时期，有个出身豪门的贵族殷浩，从小就喜欢读《老子》《周易》，对玄学颇有研究，不到二十岁，便成为当时赫赫有名的玄学家。

那时，有一个叫庾(yǔ)翼的人，年少时满腹经纶，眼光独到，很年轻就带兵打仗，是个才能出众的军事将领。他听说殷浩的才能，便写信给殷浩说："当今江东不能长保无忧，你年轻又有学问，对国家负有义不容辞的责任，却为什么隐居不出呢？前朝名流王夷甫专以玄妙、荒诞的空话骗取名声，我看不起他。希望你跟他不同。"庾翼在信的最后，再次诚恳地劝说殷浩出来做官。

殷浩还是坚决地推辞了。

一次，又有人在庾翼面前称赞殷浩。庾翼听了，流露出鄙夷的神色，说道："对这一类人，现在只宜把他们丢在一边不加理睬，等天下太平了，再考虑让他们出来做点事。"后来，人们就用"束之高阁"比喻放着不用，或引申为学而不用，理论与实践脱离。

成语接龙 CHENGYUJIELONG

束之高阁→格格不入→入情入理→理直气壮→壮气吞牛→牛高马大→大器晚成→成仁取义→义得恩深→深更半夜→夜郎自大→大公无私→私心杂念

士别三日

吕蒙是三国时期东吴的一员骁勇战将。

周瑜死后，他继任东吴的都督。

吕蒙在继任都督前是不务正业、不肯用功的人，鲁肃见了他，觉得没有什么值得和他交往的。

不久，鲁肃再遇见他时，看见他和从前完全不同，既威武又懂得军事，鲁肃觉得很惊异。

哈哈，眼下的吕大将军不错呀！你的学识这么好，既英勇又懂计谋，再也不是当初那个吴下阿蒙了。

士别三日，刮目相待。

后来的人，便用"士别三日"这个词，来称赞人在分别后的短时间内取得了很大的进步。

熟能生巧

北宋有个射箭能手叫陈尧咨。一天,他在家练箭,十中八九,旁观者拍手称绝,陈尧咨自己也很得意。但观众中有个卖油的老头只略微点头,不以为然。

陈尧咨很不高兴,问:"你会射箭吗?你看我射得怎样?"老头很干脆地回答:"我不会射箭。你射得可以,但并没有什么奥妙,只是手法熟练而已。"

在陈尧咨追问老头有什么本领后,老头把一个铜钱盖在一个盛油的葫芦口,取了勺油高高地倒向钱孔,全勺油倒光,未见铜钱孔外沾有一滴油。老头对陈尧咨说:"我也没什么奥妙的地方,只不过手法熟练而已。"

后来,人们由此故事中的两句话引申出"熟能生巧"这个成语,说明不管做什么事情,只要勤学苦练,掌握规律,就能找出许多窍门,干起来得心应手。

成语接龙 CHENGYUJIELONG

熟能生巧→巧立名目→目不暇接→接二连三→三思而行→行将就木→木本水源→源源不断→断恶修善→善始善终→终身大事→事必躬亲→亲痛仇快

天下无双

东汉时有个孩子叫黄香，湖北江夏人，母亲死得早，父亲是个小官员，父子二人相依为命。

炎热的夏天……

我把席子扇凉，让父亲睡得舒服些。

黄香

父亲，我已把被子捂热了，你可以来睡了！

寒冷的冬天

黄香长大以后为官清正、爱民。

百姓太可怜了！

在他任魏郡太守期间，有一次遭到水灾，百姓被洪水冲得无家可归，没吃没穿。

去把俸禄和家产分给受灾的百姓，帮助他们渡过这次天灾吧！

黄香博得了许多人的赞美。当时在京城里流传着这样一句民谣："天下无双，江夏黄香。"

谢谢黄大人！

投 鼠 忌 器

贾谊是西汉初期著名的思想家、文学家。他写过不少内容充实、议论精辟的文章。《论政事疏》就是很有代表性的一篇。他把《论政事疏》呈给皇帝。这篇文章所谈的内容很多,其中一点,就是建议皇帝要用"廉耻节礼"一套封建道德来约束王侯大臣。

贾谊从尊卑有别的封建礼义出发,认为对犯了法的百姓,可用黥(在脸上刺字并涂墨)、劓(割鼻)、刖(斩脚)、笞(鞭打)等各种手段去惩治。但是对犯了法的王侯大臣,就不能采用黥、劓、刖、笞等刑罚。再重的罪,也只可赐死。因为他们是皇帝身边的贵人。

贾谊为了使他的论点有说服力,采用了民间的一句谚语"欲投鼠而忌器"作为比喻。这句谚语是说打老鼠而又担心损坏靠近老鼠的器物。引申意义是说:对贵臣用刑,会损害皇帝的尊严。后来,人们用"投鼠忌器"这一生动比喻,来形容做事有所顾忌,不敢放手进行。

成语接龙 CHENGYUJIELONG

投鼠忌器→器宇轩昂→昂首挺胸→胸怀大志→志大才疏→疏而不漏→漏洞百出→出尘不染→染风习俗→俗不可医→医时救弊→弊帚自珍→珍禽异兽

门庭若市

战国时，齐国的相国邹忌进谏齐威王。

大王，我本不如徐公英俊，但我身边的人都说我比他英俊。

这是因为家人偏护我，客人有事求我，所以他们都恭维我，不说真话。

大王如能开诚布公地征求意见，一定对国家有益。

很有道理。

而您是齐国国君，恭维您的人一定会更多！

立刻下令，无论是谁，当面指出我的过失的，给上赏；上奏章规劝我的，给中赏；议论我的过失并传到我耳中的，给下赏。

一时齐王宫门口进谏的人群川流不息，每天像市场一样热闹。

75

望 梅 止 渴

东汉末年的一个夏天，曹操率领人马出征。当时天气非常炎热，将士们连日长途跋涉，都十分疲劳，加上带的水也早已喝完，大家都口干舌燥，没精打采的，行军速度自然也就慢下来了。

曹操见了，心中十分着急，急忙派士兵到附近去找水。可是这附近因为干旱，池塘、河流都早已干涸了，哪里还找得到一滴水呀？那些去找水的士兵们一个个都垂头丧气地回来了。

曹操这下更着急了，心想：这样下去，什么时候才能到达目的地啊？想到这里，曹操忽然有了办法，他在马上用手往前一指，大声说："前面不远处有一片梅树林，树上长满了新鲜的梅子，那梅子又酸又甜，可解渴了！"

将士们一听，都信以为真，身上顿时来了劲，口里酸溜溜的，口水也不由自主地流了出来，口渴的感觉一扫而光，行军的速度马上快了许多。部队很快走出了这片地区，来到了一个有水源的地方。

成语接龙 CHENG YU JIE LONG

望梅止渴→渴而掘井→井井有条→条分缕析→析辨诡词→词不达意→意乱心忙→忙里偷闲→闲云野鹤→鹤立鸡群→群龙无首→首屈一指→指鹿为马

凿壁借光

西汉时候，有个农民的孩子，叫匡衡。

他小时候很想读书，可是因为家里穷，没钱上学，只好借书来读。

唉！白天的时间都干活了，只有晚上读书！可我又买不起灯油，怎么办了？

咦！有亮光！

原来是邻居家的光亮从壁缝里透过来的！

哈！对了！有了！

我把墙缝凿大一些。这样，透过来的光亮也多了，我就借着透过来的灯光读书！

匡衡就是这样刻苦地学习，后来成了一个很有学问的人。

笑里藏刀

　　唐太宗统治时期，有个叫李义府的官员善于奉承拍马屁，他写了一篇《承华箴》，深得太子李治的喜欢，赏了他四十四帛。李治继位后的第六年，打算立武则天为皇后，李义府又极力赞同。从此，他飞黄腾达，在朝中为所欲为。因他外表温和谦恭，说话时脸上总是挂着甜蜜的微笑，所以，大臣们都说他是笑里藏刀。

　　李义府在朝廷中笼络心腹，纠合宗派，培植亲信势力，向别人索取财物。所以，到李府走门路的人特别多。有一次，他看到一份任取名单，便把名单默记下来。

　　随后，他把一个即将任职的人找来，对他说："你不是要做官吗？几天之内诏书就可以下来了，该怎么谢我？"这人马上送来了七百贯钱。可是这件事被高宗知道了。高宗再也不能容忍了，下诏斥责李义府，将他流放远乡。

　　公元666年，李义府忧郁而死。一百多年后，白居易写诗说："君不见李义府之辈笑欣欣，笑中有刀潜杀人！"后人就用"笑里藏刀"作成语，比喻表面和善而内心阴险狠毒。

成语接龙 CHENGYUJIELONG

笑里藏刀→刀山火海→海纳百川→川流不息→息事宁人→人心如面→面红耳赤→赤胆忠心→心旷神怡→怡然自得→得心应手→手无寸铁→铁证如山

才高八斗

南朝宋国的谢灵运，是我国古代著名的山水诗人。

他写的诗善于刻画自然景物，艺术性很强，尤其注重形式美，很受文人雅士的喜爱。

岁暮

殷忧不能寐，苦此夜难颓。
明月照积雪，朔风劲且哀。
运往无淹物，年逝觉已催。

宋文帝

我很赏识他的文学才能，速将他召回京都任职。

宋文帝将他的诗作和书法称为"二宝"，常常要他边侍宴，边写诗作文。

哈哈哈！魏晋以来，天下的文学之才共有一石（一种容量单位，一石等于十斗），其中曹子建独占八斗，我得一斗，天下其他人共分一斗。

一直自命不凡的谢灵运受到这种礼遇后，更加狂妄自大。

爱屋及乌

　　周文王的儿子姬发继承了王位，称周武王。姜太公继续担任军师，辅佐武王。周武王还有两个得力助手，就是周公与召公。时机成熟后，周武王正式宣布出兵讨伐商纣王。因为纣王早已失去人心，周武王的军队势如破竹，很快便攻克了京城朝歌，商纣王自焚而死。

　　商纣王死后，武王认为天下尚未安定，心理很是不安。攻克朝歌之后，如何处理商朝遗留的人员，也是一个令人头痛的问题。为此，武王向姜太公讨教。姜太公说："我听说，如果喜欢一个人，就会连他屋上的乌鸦也会爱惜；如果憎恶一个人，就会对他的仆从家人也感到讨厌。照这样来对待商朝的臣民，怎么样？"

　　周武王很快理解了姜太公这番话的用意，于是他善待商朝的官吏与百姓，国家很快便安定下来。

成语接龙 CHENGYUJIELONG

爱屋及乌→乌合之众→众寡悬殊→殊途同归→归根结底→底死谩生→生不遇时→时乖运舛→舛讹百出→出陈易新→新陈代谢→谢天谢地→地丑德齐

纸上谈兵

战国时期，赵国大将赵奢曾以少胜多，大败入侵的秦军。

赵奢

赵王一高兴，就将赵奢提拔为上卿。

他有一个儿子叫赵括，从小熟读兵书，喜爱谈军事。

别人都说不过他，因此赵括很骄傲，自以为天下无敌。

NO.1

我这儿子没有实战的经历，一切都是纸上谈兵，将来赵国如果用他为将，他一定会使赵军遭受失败。

赵王派赵括带兵拒敌，赵括自认为很会打仗，死搬兵书上的条文，结果四十多万赵军尽被歼灭，他自己也被秦军射中身亡。

果然，公元前259年，秦军又来侵犯，那时赵奢已经去世。

与狐谋皮

春秋时,鲁国国君很想让孔丘担任司寇这个重要官职,主持鲁国的朝政。有一天,鲁君把这个想法告诉了左丘明,并说自己还想与其他大夫商议商议。

左丘明说:"孔丘是闻名天下的圣人。如果让他担任官职,其他的人就会自叹不如而离开官位,您与他们商议还能有什么结果呢?我听说周朝时有一个人,爱吃精美的食物,还爱穿名贵的皮衣。他很想要一件价值千金的狐皮袍子,就很天真地跑去对狐狸说:'请把你们的毛皮送我几张吧!'狐狸一听,逃得无影无踪。这人又想办一桌羊肉宴席,他找到羊说:'请你帮一下忙,割十斤羊肉给我吧!'羊都吓得躲到树林里藏起来,再也不敢露面了。这人十年也没缝制成一件狐皮袍子,五年也没办成一桌羊肉席,原因就在于他找错了商议对象!您现在要与那些人商议孔丘担任司寇的事,岂不是与狐谋皮,与羊要肉吗?"于是,鲁君听从了左丘明的劝告,没有与大夫们商议孔丘任司寇之事,孔丘很顺利地当上了司寇。

成语接龙 CHENGYUJIELONG

与狐谋皮→皮相之见→见财起意→意气风发→发家致富→富可敌国→国色天香→香火因缘→缘木求鱼→鱼质龙文→文武双全→全力以赴→赴汤蹈火

大庭广众

战国时期，齐国国君齐闵王想用士人（读书人）管理国家，可一时找不到合适的士人。

尹文，为什么齐国没有士人？

忠于君王，孝敬父母，对朋友诚实，对邻居和睦，这算不算士人？

尹文

这很好呀，是士人，我愿意用他。

如果这个人在大庭广众之下受了侮辱，他却不敢斗争，大王还会用他吗？

可是他具备士人的标准啊！

……

不用他！

越俎代庖

相传上古帝尧时代,有一个贤德的人,隐居在箕山下的颍水边耕田,他就是许由。许由饿了,就去山上摘野果子吃;渴了,就到颍水边用手捧水喝。有人送给他一只瓢,让他饮水方便些。许由将瓢挂在树上,风吹时,发出历历的响声。许由听了,感到烦躁,干脆把瓢扔掉了。

帝尧听说许由非常贤德,想把天下让给他。帝尧对许由说:"当太阳和月亮已经升上天空的时候,有人却还点着小小火把,想用它的光与太阳和月亮争辉;当天上降下及时雨后,有人却挑水浇土。这两者不是徒劳吗?现在,有你这样贤德的人在世上,而我仍占据帝王的位置,这不是十分令人惭愧吗?"

许由听后,拒绝帝尧说:"鸟儿在树林的深处筑巢只占一根树枝;鼹鼠到河里喝水,不过喝满一肚子。像我这样的人要天下有什么用处呢?即使厨师不去厨房做饭,掌管祭典的人也不能超越职守,放下祭器去代替他下厨房。"许由说完,便独自离开了。

越俎代庖比喻超出自己业务范围去处理别人所管的事。

成语接龙 CHENGYUJIELONG

越俎代庖→庖丁解牛→牛鬼蛇神→神安气集→集思广益→益国利民→民不聊生→生龙活虎→虎口余生→生死攸关→关门打狗→狗急跳墙→墙高基下

出尔反尔

战国时，有一年邹国与鲁国发生了战争。

邹国吃了败仗，死伤了不少将士。

邹穆公：为什么老百姓眼看长官被杀，而不去营救？

孟子

记得有一年闹灾荒，很多百姓饿死，而大王的粮仓还是满满的，管钱粮的官员并不把这严重的灾情报告给您。

看来是我有错在先啊！

他们不关心百姓的疾苦，而且残害百姓。

曾子

要警惕呀！你怎样对待别人，别人也将怎样对待你。

如果施行仁政，百姓就会爱护他们的长官，并且愿意为他们献出生命。

所以，大王不要去责怪和惩罚百姓了。

85

作威作福

东汉后期，宦(huàn)官孙程等十九人拥立被废的太子——十一岁的刘保即位做了皇帝，就是汉顺帝。汉顺帝靠着宦官做了皇帝，于是便重用宦官。这样，宫里的宦官多达几百个，他们结党营私，争权夺利，十分腐败。

当时的太尉李固是位耿直敢言、疾恶如仇的人，声望很高。他对宦官专权极为不满，多次上书汉顺帝，揭露宦官贪污腐败等种种罪行。顺帝看了李固的奏折，非常震惊，免掉了一百多个宦官。从此，这些宦官对李固恨之入骨，他们在汉顺帝的大舅子、大将军梁冀的支持下，联名上书汉顺帝，诬告李固排斥皇上的亲信大臣，使这些臣子不能在皇上身边侍奉皇上，并且滥用权势，横行霸道，罪该免职、杀头。奏章送上去以后，因梁太后的反对，李固才免遭杀身之祸。

后来，人们引用"作威作福"这个成语，形容妄自尊大，滥用权势，横行霸道。

成语接龙 CHENGYUJIELONG

作威作福→福如东海→海底捞月→月朗星稀→稀奇古怪→怪事咄咄→咄咄逼人→人弃我取→取信于人→人微言轻→轻声细语→语重心长→长风破浪

呆若木鸡

纪渻（shěng）子为
周宣王驯养斗鸡。

过了十天后……

周宣王

鸡驯
好了吗？

不行，正虚
浮骄矜，自恃意气哩。

又过了十天……

鸡驯
好了吗？

又过了十天后……

鸡驯好了吗？

还是那
么意气强盛。

这都已过四
十天了，鸡到底
训不训的好啊？

又过了十天后……

不行，
还是听见
响声就叫，
看见影子就跳。

差不多了。别的鸡即使
打鸣，它已不会有什么变化，
看上去像木鸡一样，它的德
行真可说是完备了，别
的鸡没有敢于应战的，
掉头就逃跑了。

后来人们又把"呆若木鸡"这个成语引申表示
十分愚笨，也形容因为害怕或惊奇而发呆的样子。

呆～！！

众叛亲离

公元前719年，周平王病死，卫桓公决定前去吊唁(yàn)。他的弟弟州吁密命五百武士偷偷埋伏在卫国的西门外。卫桓公行至西门外，州吁提议举杯为哥哥饯行，卫桓公举起酒杯一饮而尽。狡猾的州吁却故意失手将杯坠地，并趁着俯身拾杯，拔出匕首杀死了卫桓公，不久便自立为国君。

州吁残酷地剥削和压迫人民，过着骄奢淫逸的生活，人民对他非常不满。于是，州吁采取大臣石厚的计策，决定用对外用兵的办法来转移国内矛盾，他不惜重金，拉拢宋、陈、蔡等国联合攻打郑国。

鲁国国君隐公谈到州吁篡位这件事时，说："州吁能成功吗？"

大夫众仲答道："他依仗武力，穷兵黩(dú)武，给人民带来了灾难，失去了人民的支持；凶狠残暴，滥用酷刑，失去了亲信的拥护。广大的人民背叛他，亲信的人也离开他，要成功太难了。"事实正如众仲所言，州吁篡位不到一年，就被人民杀死了。

众叛亲离的意思是指众人反对，亲人背离。形容完全孤立。

成语接龙 CHENGYUJIELONG

众叛亲离→离经叛道→道学先生→生死存亡→亡羊补牢→牢骚满腹→腹背受敌→敌国外患→患得患失→失时落势→势在必行→行成于思→思绪万千

鸡犬升天

传说汉朝的时候，淮南王刘安迷信神仙方术，天天忙于访师求道，寻求得道成仙的法门。

他的虔诚行为感动了八公仙人。

八公仙人

他学道的精神难得可贵啊！

刘安，我特地下凡来教你练丹升仙之道！

耶！成仙的感觉真不错呀！

哈！终于练成了！

后人就有了"一人得道，鸡犬升天"的说法。这个故事是形容一个人有势力，与他有关的人都沾光的意思。

嗯！我一人上天没意思，把剩下的仙丹给鸡狗吃了一同陪我升天吧！

招摇过市

春秋时，孔子周游列国，到处宣传他的政治主张。有一次，孔子到卫国，希望卫灵公采纳他的建议。但是，一个多月过去了，卫灵公始终没有用他的意思。

一天，卫灵公和夫人南子坐车外出游玩，经过孔子住处，就叫孔子同车随从。当车子经过市场时，卫灵公显出一副得意扬扬，神气十足的样子。孔子十分生气，认为卫灵公很好色，却不注意道德修养，要是他用亲近女色的时间去学习道德修养，那就好了！

于是，孔子准备离开卫国去曹国。临走前，卫国的当权者孔文子正准备率军打仗，听说孔子要离开卫国，感到十分惋惜。孔文子来到孔子处，想向他请教关于打仗的事情。孔子生气说："若问供奉祖先和仁义道德的事，我还学过一些。至于兴兵打仗的事，我连听也没听说过。唉，卫国怎么会变成这样？君主只顾嬉戏游玩，大臣喜欢兴兵打仗！"孔子不愿再同孔文子谈下去了。最后，孔子离开了卫国。

成语接龙 CHENGYUJIELONG

招摇过市→市井小人→人才出众→众星拱北→北面称臣→臣心如水→水银泻地→地远山险→险象环生→生离死别→别有洞天→天长地久→久负盛名

乐不思蜀

三国末期，魏国大军侵入蜀国，一路势如破竹。

都城

魏

蜀国国君刘禅做了魏国的俘虏，魏国国君为笼络人心，封他为安乐公。

刘禅整天只顾吃喝玩乐，养尊处优，并不想念蜀国。

大王，你有没有想过回蜀地复国？

魏臣贾充

干嘛要回去？我在这过的很好啊！

唉！刘禅身为一国之主，居然乐不思蜀，甚至连装着想念故乡都装不出来，贪图享乐，志向沦丧到这种地步，实在可气至极。

蜀国旧臣郤正

我们在任何情况下，都不应该放弃自己的理想，而要严格要求自己，志存高远，不懈地奋斗。

91

直捣黄龙

岳飞年轻时精通兵法,武艺过人。二十岁时,他报名投军。战场上岳飞奋勇杀敌,屡立战功,成为南宋主要的抗金将领。

公元1135年,岳飞任靖远节度使时,为了壮大队伍,收复北方失地,他派部下梁兴等人去两河一带宣传他的主张,号召义军与官兵联合抗金。义军纷纷率众归附岳飞,打上了"岳"字旗号。一时,"岳家军"声势浩大,震动天下。金兵闻说岳家军到来,往往不战而败。

金主兀术想调动军队抵抗岳飞,河北没有一个人响应,兀术叹息道:"从我在北方起事以来,还没有受过这么重的挫折。"金兵主帅乌陵思一向是刚勇而又狡猾的,但这时他竟无法控制他的部下,只好劝慰他们说:"我们不要轻动,等岳家军一来就投降。"在岳家军的震慑下,金兵纷纷率部归降岳飞,抗金形势大好,收复北方失地,夺取最后胜利可望实现。岳飞高兴极了,对部下说:"直抵黄龙府(今吉林一带,为金人的腹地)后,与你们痛饮一场!"

直捣黄龙是指捣毁敌人的巢穴。

成语接龙 CHENGYUJIELONG

直捣黄龙→龙马精神→神采飞扬→扬长而去→去伪存真→真相大白→白头偕老→老当益壮→壮志凌云→云中仙鹤→鹤立鸡群→群策群力→力争上游

叶公好龙

楚国叶县有个叫子高的县官，人称"叶公"。

他总向别人吹嘘自己是如何喜欢龙。

他的衣服上绣着龙，酒具上刻着龙，房屋卧室凡是雕刻花纹的地方也全是龙的图案。

天庭

竟有这样喜欢我的人，我一定要去会会他！

叶公，我来看看你！

哇！我的妈啊！

其实叶公并非真的喜欢龙，只不过是形式上、口头上喜欢罢了。

93

安 居 乐 业

老子，名耳，字聃。春秋末年的思想家，道家创始人。相传他是楚国苦县（今河南鹿邑）人，任周守藏室之史，通晓上下古今之变。晚年退隐居沛（今江苏沛县），躬耕授徒，讲道论德，后西入关中，客死于秦。当时已经出现了一些大国和上万人口的大城市，科学、文化、艺术达到了较高的发展水平。老子对这些都看不惯，认为这会给人们带来灾难。他主张人们应该回到远古的蒙昧时代。当然，他的这种思想是守旧的，是复古倒退的。老子主张的中心是"小国寡民"，他认为：小小的国家，少少的百姓，即使有各种各样的器具，也不要用它；不要让人们去冒生命的危险，也不要迁移去远方；虽然有车有船，也无人去乘坐它；虽然有兵甲武器，也无处去陈列它；使人们恢复远古的结绳记事的方法，再用它来记载事物；让人们吃得香甜，穿得漂亮，住得舒适，过得习惯。邻国互相望得见，鸡鸣犬吠的声音互相听得见，而人们直到老死，都不互相往来。这就是老子心中老百姓们都安居乐业的理想国。

成语接龙 CHENGYUJIELONG

安居乐业→业精于勤→勤能补拙→拙口钝腮→塞翁失马→马革裹尸→尸餐素位→位高权重→重于泰山→山穷水尽→尽善尽美→美中不足→足智多谋

惊弓之鸟

更嬴是古时候有名的射箭能手。

有一天，更嬴跟魏王到郊外去打猎。

大王，你看到那只大雁没，我不用箭，就能把这只大雁射下来。

这怎么可能呢？

嗖

不是我的本事大，因为我知道这是一只受过箭伤的鸟，所以它飞得很慢，叫声悲惨。它一听到弦响，很害怕地拼命往高处飞，它一使劲儿，伤口又裂开了，就掉了下来。

！！

你真有这样的本事！

班门弄斧

战国时代的鲁国有个叫鲁班的人。因为他心灵手巧，善于做各种精巧的器物，被尊称为"匠师之祖"。行家们都对他佩服得五体投地。

有一天，一个年轻的木匠不经意走到一个红木门房子前。他在门口停了下来，举起自己手里的斧子，夸耀道："别看我这把斧头不起眼，可是不管是什么木料，只要到了我的手上，用我这把斧头这么一凿，就会做出精巧无比的东西来。"

路过的一个人听了他的话，觉得他只是在吹嘘，就指着小木匠身后的大红木门问："小师傅，那你能做出一扇比这个还要好的门吗？"年轻的木匠夸口道："我可没吹牛，告诉你们，我以前当过鲁班的学生，难道还做不出来这样一扇很简单的大门？真是笑话！"

路人听到他的回答后，忍不住哈哈大笑："这就是鲁班木匠的家，这扇大门就是他亲手做的，你真有本事能做出比这扇还要好的门吗？"

那位年轻的木匠无地自容地跑走了。班门弄斧，表面是说在鲁班门前舞弄斧子，实则比喻在行家面前卖弄本领，不自量力。

成语接龙 CHENGYUJIELONG

班门弄斧→斧钺之诛→诛尽杀绝→绝世无双→双喜临门→门可罗雀→雀小脏全→全心全意→意味深长→长生不死→死里逃生→生生世世→世代书香

名落孙山

宋朝时，有一个叫孙山的才子。有一次，他和一个同乡在省城参加科举考试。孙山考了倒数第一名。

孙山

倒数第一名！还好中了！

孙山先回到家里。

没有考上！唉！

和他同去的同乡却没有考上。

同乡的父亲

孙山，我的儿子有没有考取啊？

这个，怎么说呢？解元尽处是孙山，贤郎更在孙山外（榜上的最后一名是我孙山，而你儿子的名字却还在我孙山的后面）。

孙山

从此，人们根据这个故事，把投考学校或参加各种考试，没有被录取，叫作"名落孙山"。

又没中！唉！

暗度陈仓

秦朝末年,项羽和刘邦推翻秦朝后,项羽为反秦将领分地封王时,有意将刘邦封为汉王,想把他限制在偏僻的巴蜀和汉中一带。刘邦很不服气,但当时项羽势力很强,他只好领兵西上,前往汉中的南郑城。

在通往南郑的路上,有绵延几百里的栈道(在险峻的悬崖绝壁上凿孔支架木桩,铺上木板而成的窄小通道)。刘邦接受了谋士张良的计策,将所走过的栈道全部烧毁了。这样既有利于今后防御,又可以迷惑项羽,让项羽松懈对刘邦的戒备和防范。

刘邦到南郑后,拜韩信为大将。韩信提出欲夺天下先取关中,建立兴汉灭楚的根据地。于是,他们一边加紧做攻打关中的准备,一边故意派了几百名士兵去修复栈道。关中西部守将章邯(hán)根本不予重视。但不久,章邯便接到紧急报告,刘邦的大军已攻入关中,占领了陈仓,杀了守将。章邯慌忙领兵抵抗,但已经来不及了,章邯最后被逼自杀,其余守将也相继投降,关中被刘邦全部占领。

暗度陈仓比喻用造假象的手段来达到某种目的。

成语接龙 CHENGYUJIELONG

暗度陈仓→仓皇出逃→逃之夭夭→妖言惑众→众星捧月→月缺花残→残兵败将→将心比心→心惊胆战→战胜攻取→取青妃白→白手起家→家见户说

刻舟求剑

古时候，有个楚国人乘船渡江。

哎呀！我的宝剑掉水里了！

还不赶快捞，在船舷上刻记号有什么用呢？

我在这做个记号，到岸后再下水去找剑。

到岸啦！

我现在去捞剑！

咦？怎么找不到我的剑呢？

船已经走了很远，而剑还在原来的地方。用这种方法来找剑，不是很糊涂吗？这个故事告诉我们，不要拘泥成例，要知道跟着情势的变化而改变看法和办法。

不求甚解

陶渊明是东晋末年的著名诗人，他生活在东晋和南朝交替的动乱年代。那时，国家分裂，政治黑暗，天灾不断，民不聊生。陶渊明虽出生于官宦之家，但家道衰落，生活贫困。然而，陶渊明志趣高洁、淡于名利。

他做彭泽县令时，上面派了个官员下来视察，县里的下级官吏要他端正衣冠去迎接。陶渊明以之为耻，愤然说道："我岂能为五斗米向小人折腰！"于是辞官回乡，继续过起清贫的生活来。

陶渊明喜爱清静闲散的田园生活，在勤劳耕作之暇，或与好友饮酒畅谈，或在家里读书吟诗，过得好不惬意！他家门前有五棵大柳树，柳阴之下是他饮酒赋诗的场所。因此他自称"五柳先生"。二十八岁那年，又写了一篇自传——《五柳先生传》。陶渊明在文中谈到自己的读书体验："好读书，不求甚解，每有会意，便欣然忘食。"意思是说：自己喜爱读书，不死啃书本字句钻牛角尖，而是着重领悟文中原意。每逢读到会心处，有了一点新的体会，便高兴得连吃饭也忘记了。"不求甚解"这个成语由此而来。原意是指读书只求领会文章要旨，不过分在字句上下功夫。现在多指学习或研究只知大概，不够深入。

成语接龙 CHENGYUJIELONG

不求甚解→解囊相助→助人为乐→乐以忘忧→忧心如焚→焚书坑儒→儒雅风流→流言蜚语→语重情深→深知灼见→见异思迁→迁怒于人→人浮于事

后起之秀

东晋的王忱少年时就显露出才气，很受亲友的推崇。

有一次，王忱去看望舅父范宁，遇到了比他早出名的张玄。

王忱

张玄

王忱，该你主动跟我打招呼吧！

王忱默默地坐在一旁，一言不发。

……

无心跟我往来，算了，我走了！

看来他往

范宁

你刚才看到张玄了吧！他可是优秀的人才，你为什么不好好与他谈谈？

他要是真心想和我来往，也可以来找我谈谈嘛。

哈哈哈！你这样风流俊逸，定是后来的优秀人才。

狡兔三窟

春秋时代，齐国的孟尝君有个门客名叫冯谖(xuān)。

有一次，冯谖替孟尝君到薛地讨债，他不但没要债，反而把债券全烧了，薛地人民都以为这是孟尝君的恩德，心里充满感激。后来，孟尝君被齐王解除相国的职位，前往薛地定居，受到薛地人热烈的欢迎。冯谖对孟尝君说："通常聪明的兔子都有三个洞穴，才能在紧急的时候逃过猎人的追捕，而免除一死。但是您却只有一个藏身之处，我愿意再为您安排另外两个可以安身的藏身之处。"于是冯谖去见梁惠王，他告诉梁惠王说，如果梁惠王能请到孟尝君帮他治理国家，那么梁国一定能够变得更强盛。于是梁惠王派人邀请孟尝君到梁国。可是，梁国的使者一连来了三次，冯谖都叫孟尝君不要答应。这个消息传到齐王那里，齐王就赶紧派人请孟尝君回齐国当相国。冯谖要孟尝君向齐王提出希望能够拥有齐国祖传祭器的要求，并且将它们放在薛地，同时兴建一座祠庙，以确保薛地的安全。祠庙建好后，冯谖对孟尝君说："现在属于您的三个安身之地都建造好了，从此以后您就可以高枕无忧了。"狡兔三窟是指狡猾的兔子准备好几个藏身的窝。比喻隐蔽的地方或方法多。

成语接龙 CHENGYUJIELONG

狡兔三窟→枯木逢春→春意盎然→然荻读书→书香门户→户曹参军→军临城下→下笔成章→章决句断→断章取义→义无反顾→顾全大局→局促不安

明镜高悬

秦朝末年，各地纷纷举行武装起义，刘邦率领的起义军首先攻进秦朝的都城咸阳，进驻咸阳宫。

刘邦

哈哈！找到宝贝了！听说这块镜子照着说谎的人会让其心惊胆战！

就用它先试下我身边的侍卫吧！

他拿着镜子把身边的侍卫等人都照了个遍。

好啊！你们这些人曾经都对我说过谎话。

杀了！都杀了！

此后镌刻着"明镜高悬"四个大字的匾额就悬挂于各级衙门大堂的正上方，以此来提醒官员为官一定要做到公正廉明，不徇私枉法。

同时提醒对簿公堂的人不要说谎话、作伪证。

103

惩 一 儆 百

尹翁归是西汉时人,年轻时当过管理监狱的小官,因此对当时的法律条文很熟,又有一身好武艺,在当地很有些名气。尹翁归在处理案件时表现得精明干练,成绩显著,朝廷知道了,就提拔他为山东太守。

尹翁归到任以后,发布公告,禁止官吏腐败,了解当地的治安情况,并到各地去视察,对各地的人员都了解得很清楚。当时,山东郯(tán)城有个名叫许仲孙的土豪,贪婪无比,残暴异常,经常横行霸道,为非作歹。因为他势力大,关系多,历任太守都拿他没办法。曾经有一个书生,家里有几十亩良田,还娶了个美貌的妻子。许仲孙依仗势力,打死了书生,强夺了他的妻子和良田。书生的弟弟到县里告状,许仲孙依靠关系,又花了些钱上下打点,案子居然就化解了,许仲孙自那以后就更加嚣张起来。

尹翁归查清了许仲孙的罪行以后,亲自督促部下把许仲孙捉拿归案,证据确凿以后,当众把他处死了。老百姓得知消息以后,都拍手称快,其他豪强恶霸都吓得胆战心惊,再也不敢继续作恶了。惩一儆百就是指惩办一个人,借以警戒其他的人。

成语接龙 CHENGYUJIELONG

惩一儆百→百般折磨→磨刀擦枪→枪林弹雨→雨打风吹→吹吹打打→打草蛇惊→惊涛骇浪→浪迹江湖→湖光山色→色厉胆薄→薄技在身→身当其境

马革裹尸

东汉初的名将马援，英勇善战，为东汉王朝的建立立下了汗马功劳。

后来，他又率兵平定了边境的动乱，威震南方，被刘秀封为伏波将军。

我打算向朝廷请战，男儿应该战死在边疆荒野的战场上，不用棺材敛尸，该用马的皮革裹着尸体回来埋葬。

将军真是精忠报国啊！

马将军所言极是！

马援六十二岁那年，又主动请求出征武陵。

第二年，马援因长期辛劳，患了重病，在军中死去，从而实现了他"马革裹尸"的夙愿。

差 强 人 意

吴汉,东汉初南阳宛(今河南南阳)人,性格朴实忠厚,不爱讲话。王莽末年,他流浪到渔阳(今北京密云),以贩马为生,到处结交豪侠义士。后来吴汉投奔刘秀,刚开始,刘秀对他并不重视,但听到其他将领总是赞扬吴汉勇敢而有智谋,刘秀开始重用他。一次,吴汉率领渔阳等郡骑兵,助刘秀消灭了王朗的割据势力。因战功卓著,被任为将军。刘秀即位后,吴汉累功至大司马,被封为广平侯。

吴汉不但勇敢,对刘秀也十分忠心。每次出外作战,总是紧紧跟着刘秀,而且只要刘秀没睡,他也恭敬地站在一旁,不肯先睡。

有一次,刘秀打了败仗,部下都惊慌失措,不知如何是好。吴汉却在宿营地和士兵们一起磨砺武器,鼓励士兵们振作起来。刘秀见吴汉不在自己身边,便派人去看他在做什么。侍从回报说:"吴将军正在和士兵们一起修理作战的兵器!"刘秀一听,非常高兴,觉得吴汉与其他将领不同,于是赞叹地说:"吴将军的所作所为还算能振奋士气,叫我满意。"

差强人意指所作所为勉强使人满意。

成语接龙 CHENGYUJIELONG

差强人意→意懒心灰→灰头土脸→脸红耳赤→赤胆忠心→心不应口→口碑载道→道听途说→说三道四→四海为家→家喻户晓→晓行夜宿→宿将旧卒

呕心沥血

唐朝中期出了一位著名的诗人，他的诗写得非常好，诗风忧郁激愤，这个人就是李贺，他被人称为『诗鬼』。

李贺虽然从小就体弱多病，但是他写诗却非常积极勤奋，从不怕苦怕累。

他每次出门的时候，袋子里总是装着纸和笔，每当想到好的词句，他就赶紧记下来。

回到家以后整理到一个小本子上。

这可是我儿李贺呕出来的心血啊！

他的母亲看到李贺带病还这么辛苦地记录抄写，非常心疼。

人们根据李贺母亲这句话，总结出了"呕心沥血"这个成语，用来指为事业、工作或某些事情而穷思苦索，费尽心血。

草菅人命

公元前210年，秦始皇在一次外出巡视的时候，在路上得病死了。皇位本应该由长子扶苏继承，赵高采取了说服胡亥威胁李斯的手法，二人经过一番密谋，假造秦始皇发布诏书，由胡亥继承皇位，他就是秦二世。

为了巩固自己夺来的皇位，秦二世采用赵高的计谋，把自己的兄弟姐妹们都定了死罪，一一杀害，而且还杀了许多有功的大臣。他还让许多没有生育的宫女去为秦始皇殉葬，把那些为秦始皇建造陵墓的民工全部活埋在墓中，就连曾帮助他夺取皇位的丞相李斯，也被他定罪腰斩了。秦二世把朝政大权交给赵高，自己整天变着法子寻欢作乐。他在打猎的时候，看到过路的人，无缘无故地用箭把他们射死，自己还觉得很开心。由于秦二世太残暴了，把人的生命看得如同野草一样轻，随意杀害，终于激起了人民的反抗。公元前209年，陈胜、吴广发动了农民起义，秦王朝很快就灭亡了。

草菅人命的意思是把人命看作野草一般，也形容任意残害人命。

成语接龙 CHENGYUJIELONG

草菅人命→命在旦夕→夕阳西下→下笔成章→章决句断→断章取义→义无反顾→顾影自怜→怜香惜玉→玉树临风→风吹草动→动人心弦→弦外之音

天涯海角

韩愈很小的时候，父母就去世了。他和哥哥韩会的儿子十二郎相依为命。

韩愈十九岁时前往京城，十年里由于路途遥远，两人很少见面。

当韩愈得知十二郎死去的消息时，悲痛欲绝，写了一篇《祭十二郎文》，回乡去祭奠他。

这篇祭文，一字一泪，读来令人心酸。

祭文中有"一在天之涯，一在地之角"的句子。

后来，人们把它归纳成"天涯海角"这个词，用来比喻极其遥远的地方。

垂头丧气

唐朝末年，北方的两大藩镇李茂贞、朱全忠为了争夺控制当时的傀(kuǐ)儡(lěi)皇帝唐昭宗，把持朝政，展开了激烈的斗争。当时有个叫韩全诲的宦官，和李茂贞有点交情。他哭着劝皇帝说："朱全忠如果打到长安，一定要皇上禅位给他。臣下不忍心看到大唐江山在皇上手中失去，不如皇上到陕西凤翔去依靠李茂贞，再讨伐朱全忠。"

昭宗起先不答应，韩全诲就放火烧楼，最后逼着昭宗到了凤翔。朱全忠则紧追不舍，一路打到凤翔，昼夜攻城。不久，城中粮绝，连昭宗也吃不饱，不少大将不得不出城投降。

李茂贞也慌了，于是写信给朱全忠说："这次祸乱，是宦官韩全诲等人造成的。我害怕皇上被坏人利用，您当时又没有赶到，只能让皇上在凤翔住下。既然您有心主持社稷，我愿意鼎力相助。"韩全诲等一批宦官见大势已去，一个个垂头丧气，默不作声。没几天，唐昭宗下命令处死了韩全诲等一批宦官。不久，唐昭宗也被朱全忠杀死。

垂头丧气形容因失败或不顺利而情绪低落、萎靡不振的样子。

成语接龙 CHENGYUJIELONG

垂头丧气→气冲牛斗→斗鸡走狗→狗仗人势→势不两立→立此存照→照本宣科→科班出身→身外之物→物以类聚→聚精会神→神采飞扬→扬眉吐气

网开一面

商朝的建立者商汤是个德才兼备的人。

有一天，商汤出外巡游。见一个猎人张网捕禽兽。

所有的鸟儿都飞到我网中来；所有的野兽都走到我网中来。

你这样太残忍了！快撤掉三面，只留下一面就够了！让那些实在不想活命的禽兽留在网中。

这件事很快四处传开，诸侯们听到后都很感动，认为商汤对禽兽都这么仁慈，对人一定更仁慈了，大家应该拥护他。

看，我王多么仁慈。

后来，商汤得到诸侯的帮助，灭掉了夏桀，建立了商朝。

"网开三面"这个成语就是由此而来的。后来，人们把它改为"网开一面"，比喻采取宽大态度，给人一条出路。

出类拔萃

　　孟子是战国时期的大思想家、教育家,他非常崇拜孔子,在他的心目中,孔子是个圣人。一天,孟子的学生公孙丑问孟子:"老师,你已经是一位圣人了吗?"

　　孟子说:"连孔夫子都不敢称自己为圣人,我又算得了什么呢?"

　　公孙丑列举了几个以贤德著称的人问孟子,他们是否和孔子一样。孟子回答说:"自有人类以来,没有人比得上孔子。"

　　公孙丑接着又问:"那么,他们和孔子有什么不同呢?"

　　孟子借用了孔子的学生有若的一句话说:"麒麟和走兽,凤凰和飞鸟,泰山和小土堆,河海和小水洼,它们都是同类,但前者又都远远超越了它的同类,圣人和老百姓也是同类,都是人,但圣人是远远地超出一般的老百姓。"

　　后来,人们就把"出于其类,拔乎其萃"精简成"出类拔萃"这个成语,常常用它来形容品质和才能特别优秀的人。

成语接龙 CHENGYUJIELONG

　　出类拔萃→萃棘繁鸟→鸟语花香→香火不绝→绝代佳人→人杰地灵→灵丹妙药→药到病除→除暴安良→良贾深藏→藏龙卧虎→虎背熊腰→腰缠万贯

大材小用

南宋时期，辛弃疾坚决主张抗金，遭到投降派的排挤和打击，被撤销了职务，闲居在江西上饶。

过了几年，他又被起用，担任绍兴府知府兼江浙东路安抚使。

辛弃疾到任不久就去拜访他。

当时，著名的爱国诗人陆游正在绍兴闲居。

经过交谈，陆游觉得辛弃疾很有才能，希望他在事业上有更大的成就。

陆游还写了一首长诗送给辛弃疾。

大材小用古所叹
管仲萧何实流亚

意思是说辛弃疾是管仲、萧何一类的治国英才，现在只让他当个安抚使，把大的材料用在小的地方，太可惜了！

乘风破浪

宗悫(què)是南北朝时宋国人,小时候的宗悫特别爱好武艺,整天骑马射箭,使枪弄棍。有一次,他的叔父宗炳问他说:"像你这样不务正业,将来长大了干什么呀?"宗悫豪迈地回答说:"愿乘长风破万里浪!"

宗悫十四岁时,他的哥哥办喜事。当夜,十几个强盗来抢劫,宗悫拿起大刀和强盗厮打起来。他一脚踢倒一个强盗,又举起大刀,把另一个强盗劈倒,吓得强盗们狼狈逃窜。这件事传到江夏王那里,江夏王很赞赏宗悫的胆量,让他当了一名军官。

有一次,宗悫带着队伍去讨伐林邑王。敌军出动了一支用大象装备起来的队伍,大象的皮很厚,普通的刀剑不容易砍伤它。宗悫灵机一动,想出一条妙计,他说:"狮子是百兽之王,用它来对付大象一定有效。"于是,他叫士兵们扎了一些摇头摆尾的假狮子,装在战车上,由士兵推着冲向敌阵。这一招真灵,大象看见"狮子"来了,果然吓得四处奔逃,宗悫率领的军队大获全胜。

乘风破浪本指船只乘着风势破浪前进。现通常比喻排除困难,奋勇前进。

成语接龙 CHENGYUJIELONG

乘风破浪→浪子回头→头出头没→没齿难忘→忘恩负义→义不生财→财不露白→白璧无瑕→瑕不掩瑜→瑜不掩瑕→瑕瑜互见→见多识广→广开言路

鹤立鸡群

三国时，魏国嵇（jī）绍和他父亲嵇康一样很有才学，他无论走到哪里，都显得卓然超群。

你知道我昨天见到谁了？嵇绍，他长得高大极了，在人群中，就像一只仙鹤站在鸡群里那样突出。

有人议论……

帝后，司马炎灭魏称帝，嵇绍被征召到京都洛阳做官。

晋惠帝司马衷继位后，嵇绍担任侍中。在"八王之乱"中，嵇绍在跟随惠帝出兵作战时尽力保护惠帝，不幸中箭身亡。

鲜血溅在惠帝的战袍上，惠帝很受感动，不让内侍洗去这件战袍上的血迹。

惠帝非常赞赏和怀念嵇绍的高贵品质。

同甘共苦

公元前311年，燕公子职被立为昭王。昭王听说郭隗（kuí）很有学问，就带上厚礼登门求教。昭王诚恳地说："我极盼望找到贤能的人，帮我改革政治，尽快让国家昌盛起来，你有什么好办法吗？"

郭隗答道："您诚心诚意地选拔人才，天下的贤士就会聚集到燕国来了。""那么怎样才能使天下的贤士都知道我是诚心诚意的呢？"昭王问。郭隗说："您不妨从我开始。大家看见像我这样本事不大的人也能被重用，那么本事比我高的人，还会怕路远而不来投奔燕国吗？"

昭王欣然同意，当即拜郭隗为老师，给他修建了住宅。昭王又在易山旁边盖了一座高台，里面堆满了黄金。他还给这座高台起名叫"黄金台"，专门用它来招揽人才。昭王真心求贤的消息很快就传开了，不少有才干的人应召到了燕国，这些人尽心尽力为燕国出谋划策。燕昭王也身体力行：百姓家死了人，他亲自去吊唁；百姓家生了孩子，他亲自去庆贺。可谓与百姓同甘共苦。燕国经过二十八年的努力，国家强盛了，人民富足了，燕昭王的梦想终于实现了。

成语接龙 CHENGYUJIELONG

同甘共苦→苦尽甘来→来鸿去燕→燕巢于幕→幕天席地→地久天长→长治久安→安常守分→分文不名→名落孙山→山高水长→长生不老→老生常谈

大器晚成

三国末期，魏国人崔琰（yǎn）有个堂弟叫崔林。性情沉默，不爱讲话。

崔林

他看起来也不是很聪明，所以很多人看不起他。

他这个人不会有多大出息的。

才能大的人需要长时间才能显露头角，他一定会成大器的。

崔琰

其实崔林一直刻苦学习，时刻关注国家大事。

曹操

此人是谁？才华不错啊！

崔林先被任命为主簿，后又被任命为御史大夫。

到魏文帝时，崔林官至司空，被封为安阳侯。

魏

得过且过

　　传说在五台山有一种像鸟又像兽的奇怪动物，名叫寒号鸟，它全身长着五彩光艳的羽毛，百鸟都很羡慕它。秋天来了，怕冷的鸟儿开始向南方迁移，留下来的鸟儿也整天辛勤忙碌，造窝储粮，做过冬的准备。只有寒号鸟仍然东游西逛，到处炫耀它那身五光十色的羽毛。

　　秋去冬来，别的鸟都躲在温暖的窝里，靠着秋天储存的食物过冬。寒号鸟没有窝，也没有食物，就连它那漂亮的羽毛也落得光光的。黑夜降临了，寒号鸟只好蜷缩在石缝里睡觉。刺骨的寒风向它袭来，冻得它瑟瑟发抖，它真后悔秋天里只顾游荡，没有垒个窝，嘴里不断咕噜道："寒风冻死我，明天就垒窝！寒风冻死我，明天就垒窝！"

　　第二天，太阳升起来，阳光照遍了大地，晒得寒号鸟浑身暖洋洋的。它顿时忘记了夜里挨冻的痛苦，不想垒窝了。它宽慰自己说："得过且过！得过且过！"就这样，寒号鸟始终没垒窝，混一天是一天，终于在一个大雪飘飞的严寒之夜，它冻死在了五台山的石缝里。

　　得过且过指只要能够过得去，就这样过下去。形容胸无大志。

成语接龙 CHENGYUJIELONG

　　得过且过→过河卒子→子虚乌有→有板有眼→眼高手低→低三下四→四方八面→面不改色→色胆包天→天府之国→国色天香→香消玉沉→沉鱼落雁

以貌取人

孔子的弟子宰予，品行极差且又懒惰成性，但他口才极好，很会讨孔子的欢心。

宰予

宰予后来做了齐国大夫，因与田常合谋作乱而被诛灭九族。

孔子另一个弟子子羽，相貌丑陋，孔子认为他一定很笨，所以不喜欢他。

子羽

然而子羽品行极好，办事公正，学习很用心。

子羽在江南游学时，跟随他学习的弟子有三百多人，声誉很高。

我只凭言语衡量人才，在宰予身上犯了错误；我只凭相貌衡量人才，又在子羽身上犯了错误。看来是不该以貌取人呀！

孔子

119

得陇望蜀

岑彭是西汉末年棘(jí)阳(今河南新野县)人。刘秀领导的起义军攻克棘阳时,他加入到刘秀的部队。岑彭不仅作战勇敢,而且会用计谋,每战必胜,为刘秀立下了不少战功,颇得刘秀赏识。

刘秀控制了东部地区以后,就派岑彭为大将军,跟他一起率军向西进发,平定陇、蜀二地,完成统一全国的大业。刘秀和岑彭率大军攻克了天水后,在西城这个地方把隗嚣的军队围困住了。刘秀见胜局已定,就留下岑彭完成平定陇、蜀的任务,自己先回洛阳。刘秀恐岑彭不积极进攻,就下了一道诏书命令他:"西域攻克后,你可派兵去攻打蜀地。人都是不知足的,既已平定了陇地,还想得到蜀地。每一次出兵征战,头发和胡须都要变白一些啊!"

西城城墙高大坚固,难攻易守。岑彭就用灌水的方法攻城。可是水深还没到一丈,蜀国的兵马就来到,将隗嚣救走了。岑彭的军队粮草不足,只好领兵撤回洛阳。后来,岑彭再一次率兵西进,终于平定了陇、蜀两地。

成语接龙 CHENGYUJIELONG

得陇望蜀→蜀犬吠日→日理万机→机关算尽→尽力而为→为善最乐→乐极生悲→悲天悯人→人杰地灵→灵丹妙药→药到病除→除暴安良→良心发现

分庭抗礼

渔夫告诉了他们什么是真正的"真"，孔子听了，很受启发，不住地点头。

孔子和他的弟子们在一次外出游玩时遇见一位老渔夫。

先生，我想拜您为老师。

我跟您驾车游学已经很久了，还没见过像渔夫这样傲慢的人，就是天子、诸侯、大夫同您见面，也都是分庭抗礼、平起平坐的，他未免太过分了吧？

子路

渔夫假装没听见孔子的话，径自划船走了。

我是不会收徒弟的。

……

子路呀，遇到老年人或贤明的人都要尊敬。

这个渔夫是个深明大义的贤人，我们不能对他无礼呀！

121

独当一面

秦王朝灭亡后，项羽和刘邦争天下。有一次，刘邦率领大军向东进攻项羽，出发时,他派人送信给淮阴侯韩信、建成侯彭越，要他们各自领兵来和他会合,齐力攻楚。谁知他攻下彭城，进军固陵后，韩信和彭越的兵马迟迟不来。项羽见刘邦援兵不至，立即组织反击，汉军大败。刘邦很是恼怒,他向张良道:"谁能助我打败项羽，我宁愿把函谷关以东的地方送给他,你看谁能立此大功?"

张良想了一下说:"九江王黥布、建成侯彭越和齐王田荣都是反对项羽的,可以派人联系这三个人。您的部下中，只有韩信可以把大事托付给他，让他独当一面。您如果要把关东的地方送给替您立功的人，那么分给这四个人最合适了。您只要派人去告诉他们分封土地之事，他们马上就会出兵来助您攻楚的。"刘邦听信了张良的意见，立即派人去联络黥布和彭越，许以封地；又许愿破楚后封韩信为齐王，让他领兵抄袭项羽的后路。黥布、彭越和韩信很快出兵，把项羽围困在垓下(今安徽灵璧东南)，终于大败楚军。

独当一面常常用来形容单独负责某个方面的工作。

成语接龙 CHENGYUJIELONG

独当一面→面不改色→色胆包天→天道酬勤→勤俭持家→家喻户晓→晓以大义→义正词严→严词厉色→色厉内荏→荏弱难持→持久之计→计深虑远

一网打尽

北宋诗人苏舜钦做官豪爽激进，多次上书仁宗皇帝批评宰相吕夷简。

苏舜钦

吕夷简一心想陷害苏舜钦。

吕夷简

在一年的秋季赛神会上，苏舜钦等官员自己拿出钱来凑份子，聚在一起玩乐。

御史刘元喻将此事上奏仁宗皇帝，吕夷简也乘机从中挑唆。

刘元喻

仁宗皇帝发怒了。

该免职的免职，该降职的降职，该发配的发配。

我总算替您把苏舜钦一伙一网打尽了。

谢谢刘御史，我一定会报答您的。

刘元喻

吕夷简

推 心 置 腹

王莽篡权以后，各地爆发军民起义。公元23年，绿林军在昆阳一战将王莽打得惨败，几乎全军覆没。其中有一个叫刘秀的将领十分活跃。不久，绿林军攻进京城，杀死了王莽。皇族刘玄被尊为天子，刘秀因为立了大功，被封为萧王。

公元24年，刘秀在魏州和蒲阳大败赤眉军，收编了投降的部队，封降军的主帅为列侯，其他带兵的军官也都任命了官职。可是这些投降的官兵担心将来被刘秀消灭。刘秀看出他们的心病，下令每位降将仍回旧部，统率原来所属的兵马。他自己则只带很少的随从，到各投降部队去巡视，并不对他们加以戒备，以表示自己对他们绝对放心。这些投降的官兵见刘秀把他们当做自己人，立即解除了心中的疑虑，互相议论说："萧王把自己的心都掏出来了，放在别人的腹中，我们还有什么可担心的？难道还不该为他赴汤蹈火吗？"于是，官兵对刘秀十分服从。刘秀这种惯于给人以"推心置腹"感觉的本领，帮助他获得了帝位。

推心置腹是指把赤诚的心交给别人。比喻真心待人。

成语接龙 CHENGYUJIELONG

推心置腹→腹饱万言→言不二价→价廉物美→美如冠玉→玉成其事→事必躬亲→亲密无间→间不容发→发财致富→富贵逼人→人定胜天→天昏地暗

决一雌雄

秦朝灭亡之后，刘邦和项羽分别驻守在广武的东、西两城。

两城只相距二百步，中间只隔着一条广武涧。

刘老弟，今天咱们拼力决一雌雄，免得让百姓们跟我们受苦。

项羽

项兄，斗力只是愚人的比试，斗智高明，我选择斗智。

刘邦

刘邦匹夫，快快下城一战，我会让你个死个痛快。

刘邦当然不会接受这匹夫之勇的挑战，他最终凭自己的智慧，占胜了项羽，建立了汉朝。

奉公守法

赵奢是战国时赵国的名将,不仅善于领兵作战,办事也很公道,从不畏豪门强权。他还没出名时,曾担任过征收田税的小官。有一次,赵奢带人到平原君赵胜家去收税。平原君是赵惠文王的弟弟,在赵国很有势力。平原君的管家一向狐假虎威,见赵奢竟敢上门收税,便指挥家丁围攻谩骂,拒绝缴税。赵奢见他们如此嚣张,便依据法律把几个带头闹事的人抓起来杀掉了。

平原君知道后大发雷霆,带了一帮人上门问罪,并扬言要处死赵奢。赵奢义正词严地说道:"您是赵国的贵公子,如今却纵容家人违反国家法令。国家法令受到损害,国家就要受到侵犯,甚至可能致使赵国灭亡。到那个时候,您还能保住今日的荣华富贵吗?像您这样显贵的人,如果能够带头奉公守法,上下就公平了,老百姓不会有怨言,国家才能强盛起来。"赵奢的一番话,使平原君深受感动。于是把他推荐给赵惠文王。赵惠文王任命他掌管全国的赋税。赵奢上任之后,严格执行国家法令,办事公平合理,很受老百姓拥护。

奉公守法的意思是奉公行事,遵守法令。形容办事守规矩。

成语接龙 CHENGYUJIELONG

奉公守法→法出一门→门当户对→对景伤情→情投意合→合而为一→一叶障目→目不暇接→接二连三→三人成虎→虎头蛇尾→尾大不掉→掉以轻心

世外桃源

一个捕鱼为生的人，发现了一片非常美丽的桃花林。

他划着小船来到桃花林的尽头。

他看见一排排整齐的房屋，房前屋后种有很多桑树和竹子。瓜果蔬菜尽收眼底。

道路东西南北交错着，四通八达。

老人和孩子们各得其乐。他认为这里就是世外桃源。

127

改过自新

汉朝初年,临淄(zī)有个名叫淳于意的人,他从小就喜欢医术,又得到名医公乘阳庆的指点,医术非常了得。

后来,淳于意在朝廷为官时因贪图小利被人告发。官府把他抓了起来,押解长安。他的五个女儿见父亲被抓,就跟在后面嚎啕大哭。淳于意又急又恼,骂道:"我只有女儿,没有儿子,现在遇到急事,也没有人能解救我。"

淳于意的小女儿缇萦听到父亲的话非常伤心,决心要救父亲。她一直跟着父亲来到长安,写了封奏书给汉文帝,信中说:"我的父亲做官的时候,当地人都称赞他为人廉洁,做事公平。现在他犯了法要受刑,我痛切地感到,一个人死了再也不能复活,受了刑伤残了身体也再不可能复原,虽然有改过自新的愿望,也无济于事了。为了使父亲有改过自新的机会,我宁愿进官府当奴婢,替父亲赎罪。"汉文帝读了缇萦的书信,为她的一片孝心所感动,就下令赦免了淳于意。

改过自新是指改正错误,重新做人。

成语接龙 CHENGYUJIELONG

改过自新→新愁旧恨→恨之入骨→骨肉相连→连绵不绝→绝无仅有→有始有终→终身大事→事无俱细→细水长流→流光溢彩→彩凤随鸦→鸦雀无声

如释重负

战国鲁昭公在位时，整天吃喝玩乐不理朝政，百姓负担日益加重。

鲁国的实权掌握在季孙宿、叔孙豹和孟孙三个人手中。

昭公逐渐觉察到季孙宿等三人在不断扩大势力。

我一定要粉碎他们的阴谋。

昭公在叔孙豹离开都城的时候，派兵包围了季孙宿的府地，叔孙豹的家臣和孟孙立即调集军队，救援季孙宿。

昭公的军队没有什么战斗力，他只好逃往齐国避难。

昭公逃走，百姓如释重负。

守株待兔

相传在战国时代宋国,有一个农民日出而作,日入而息。遇到好年景,也不过刚刚吃饱穿暖;一遇灾荒,可就要忍饥挨饿了。他想改善生活,但他太懒,胆子又特小,干什么都是又懒又怕,总想碰到送上门来的意外之财。

一天他在田里耕作,忽然看到有只野兔从远处奔来。只见它狂奔乱闯,竟撞在田边突出地面的一节树桩上,顿时折断脖子而死。农夫喜出望外,赶忙跑过去,把那只死兔子捡起来,带回家美美地吃了一顿。

自从白白拣到这个便宜之后,农夫再也不下田耕作了。他扛着农具,整天坐在那个树桩旁边,希望再有野兔撞死在树桩上。一天过去了,十天过去了,半年过去了……农夫再也没有等到第二只撞树桩的野兔,但地里的庄稼却荒芜了。很快,他的事传遍了宋国。人们都取笑他的这种行为。

守株待兔原比喻图不经过努力而得到成功的侥幸心理。现也比喻死守狭隘经验,不知变通。

成语接龙 CHENGYUJIELONG

守株待兔→兔死狐悲→悲从中来→来日方长→长命富贵→贵不可言→言之有理→理屈词穷→穷追猛打→打草惊蛇→蛇蝎心肠→肠肥脑满→满腹经纶

小题大做

有一年，燕国与赵国发生领土纠纷，燕王一怒之下派十万大军进攻赵国。

赵国的孝成王是个独断专行，一点儿也不成器的君主。

赵孝成王

快去齐国聘大将田单任赵国统帅与燕军作战。

回去告诉你们的赵王，要我们齐国帮忙也可以，但要以济水以东三座城池和高唐平原一带的五十七座城邑、集市全部奉送齐国作为条件。

齐闵王

好好！我答应！

我们赵国并不是没有能够统兵御敌的大将啊！

赵奢

为了聘请田单，居然一下子割让五十多座城邑，不是太小题大做了吗？

老臣赵奢非常不满，大发牢骚。

过门不入

上古时期，洪水泛滥，给人民的生命造成了极大的损失。尧当政时期，一个名叫鲧（gǔn）的人，领着大家治水。鲧采用堆土挡水的方法治理水患，治了九年，水患有增无减，尧帝不再信任他。后来舜帝当了首领，他让鲧的儿子禹负责治水。禹接受了父亲的教训，改用疏导的办法，依据山势地形和河流位置，全面规划水道，让水由小渠流入大川，由大川流向大海，经过了十三年的努力，终于平定了水患。

禹在十三年的治水工作中，每次都是亲自勘测地形，调查水的走向，不知跋涉过多少高山大川。据说黄河的龙门峡、三门峡，长江的巫山，浙江的会稽山都留下过他的足迹。由于长年日晒雨淋、跋山涉水，他的脸晒得黝黑，手脚长满了厚茧，人也累得精瘦。因为忙于治水，禹连回家的时间也没有。有好几次他从自己家门口经过，听见孩子们哇哇地哭闹，很想进去看看家人。可是一想到还有许多工作要做，他就狠了狠心，继续往前走，过门不入。在禹的忘我精神鼓舞下，百姓们万众一心，齐心协力，终于战胜了洪水，消除了灾害。

过门不入本指路过家门却不进去。现形容恪尽职守，公而忘私。

成语接龙 CHENGYUJIELONG

过门不入→入海算沙→沙里淘金→金榜题名→名垂青史→史无前例→例行公事→事倍功半→半途而废→废寝忘食→食为民天→天经地义→义无反顾

大逆不道

楚汉相争，在广武城下摆开阵势。

项羽

刘邦

你我二人相争，天下黎民百姓深受其害，我于心不忍。

你不配向我挑战，你已经是个十恶不赦、理该诛杀的罪人了。

今天你我决一雌雄，做个了断，谁胜了天下就是谁的。

刘邦接着又数说了项羽的十多条罪状，说项羽是大逆不道。

气死我了！看箭！

主公！

项羽一听，气得脸色铁青。

刘邦以诈死来诱敌，晚间楚军来偷袭汉军，被杀得大败。

狐 假 虎 威

　　战国时期,楚国有个大将叫昭奚(xī)恤,很有才干,多次领兵打了胜仗,北方各诸侯对他都很敬畏。一次,楚宣王召集大臣们议事,他问大臣们说:"听说北方的国家都很害怕昭奚恤,是真的吗?"

　　大臣们都不知该怎样回答。有个叫江乙的大臣很有智谋,他说道:"大王,我给您讲一个故事:从前,有一只老虎,它抓到了一只狐狸,老虎正要吃狐狸时,狐狸开口说:'我是天帝派来管理百兽的,你吃了我,天帝会降罪于你的。'老虎知道狐狸狡猾,不相信他的话,但听他说得一本正经,又不敢不信。

狐狸又说:'你如果不相信,可以和我到森林里走一趟,看看那些野兽见了我害怕不害怕。'老虎同意了。他们刚到森林,森林里的野兽都吓得拼命逃跑。可是老虎却不知道百兽是害怕自己而逃的!大王您现在占有着五千多里的地盘,还有雄兵百万,这百万大兵都归昭奚恤管辖,所以北方的几个国家都怕他。其实他们是害怕您的兵马,这就如同'狐假虎威'一样啊!"

　　狐假虎威本指狐狸假借老虎的威势。比喻依仗别人的势力欺压人。

成语接龙 CHENGYUJIELONG

狐假虎威→威名远播→播弄是非→非意相干→干脆利落→落地生根→根深蒂固→固执己见→见利忘义→义正词严→严阵以待→待价而沽→沽名钓誉

患得患失

一次，孔子和他的学生一同外出游玩。

可鄙的庸俗低级的家伙，难道能够同他共事吗？

当他没有得到权势或好处时，他生怕得不到，总考虑如何能得到。

而当他已经得到时，又生怕丢失掉。

像这样很害怕失去已经获得权势或好处的人。

他们利欲熏心，处处为个人打算，什么坏事都能干出来。

后人从孔子这段话中引申出来"患得患失"这个成语。形容对个人得失看得很重。

至失患得未君鄙
矣之失之也夫
无之既与可
所苟得哉与
不患之也其事
患

画龙点睛

南北朝时期，梁朝有位著名的大画家名叫张僧繇（yáo），他的画特别传神。画动物像在蹦跳；画人物像在说话。传说有一年，他给金陵安乐寺作壁画。他在墙上画了四条龙，画得惟妙惟肖，鳞甲俱全，四条张牙舞爪的龙好像随时会腾空飞去，真是活灵活现。老百姓听说张僧繇画了四条像真的一样的龙，都纷纷跑来观看。忽然，有人失声叫道："咦，这龙怎么没有眼睛呀？"大伙仔细一瞧，四条龙果然都没有眼睛。于是，大家七嘴八舌地向张僧繇问道："你为什么不画眼睛呀？"张僧繇说："如果画上眼睛，它们就会飞走的。"人们不相信，都要求他画上眼睛。张僧繇无法推辞，就拿起笔来，给壁画上的龙轻轻点上眼睛。他刚点完第二条龙的眼睛时，忽然电光一闪，轰隆一声响雷，一时间风雨交加。雷鸣电闪中，只见两条龙挣破墙壁，腾空而起。再看那墙壁，只剩下两条尚未点眼睛的龙了。目睹张僧繇画龙点睛的人都不由啧啧称奇。

画龙点睛比喻写文章或讲话时，在关键处用几句话点明实质，使内容生动有力。

成语接龙 CHENGYUJIELONG

画龙点睛→睛目千里→里丑捧心→心口不一→一见钟情→情深似海→海涵地负→负才傲物→物极必反→反复无常→常胜将军→军临城下→下车伊始

后顾之忧

李冲是南北朝时期北魏人，因学识渊博，熟悉治国安邦的道理而受到皇帝的信任。

魏献文帝在位期间，他深得重用。

针对当时的社会情况，李冲进行改革，一时间国家政治大为改观，国库收入增加。

后来，魏献文帝病逝，魏孝文帝即位，李冲就任堂书辅政，许多事务都落在他身上。

孝文帝领兵出征时，国中事务也由李冲全权处理。

后来李冲病死后，孝文帝十分悲伤。

李冲在世时，我外出十分放心，从无后顾之忧，而今还有谁能做到这点呢？

望洋兴叹

河伯是传说中掌管黄河的神，他一直以为自己的力量是天下最了不起的。一天，河伯顺着黄河的水流，浩浩荡荡向东奔去，一直奔到了大海的身边。他放眼向大海望去，只见水连天，天连水，茫茫一片，碧海滔天，根本就望不到大海的尽头。

河伯惭愧万分，抬起头来，望洋兴叹道："我从未见过大海，原以为自己很了不起，如今到了大海身边，才知道大海如此洪波万里，浩瀚无穷。我真是孤陋寡闻呀！"海神听了，便浮出海面，对河伯鞠了一躬，讲出一番既浅显又深刻的道理来："河伯先生，如果您去对井里的青蛙说，大海无风也会掀起三尺大浪，它是不会相信的，因为它常年居住在井中；如果您去对夏日里啁啾的虫子说，冬天里的水会结成坚硬的冰，它也不会相信，因为它活不到冬天便死了。您走出了河岸，来到了我的面前，才知道我的无穷无尽，可是宇宙中还有比我更无穷无尽的东西哩！"

望洋兴叹现多比喻做事时因力不胜任或没有条件而感到无可奈何。

成语接龙 CHENGYUJIELONG

望洋兴叹→叹为观止→止沸益薪→薪尽火传→火光烛天→天下无双→双管齐下→下马看花→花天锦地→地久天长→长篇大论→论功行赏→赏罚分明

忧心如焚

西周从周厉王起就国弱民衰。

到周幽王当政时，情况更是糟糕，人民流离失所，痛苦不堪。

大臣家父对这种状况非常忧虑。

他写了一首诗呈给周幽王，一方面揭露太师尹氏的罪恶，一方面表达老百姓的忧愤。

诗中第一节写道："巍峨的终南山啊，层峦叠嶂，岩石累累。太师尹氏威名显赫，人民的眼睛都盯着你看。"

"做臣子的心里忧愁得像火在煎熬，但也不敢将你戏笑。"

"眼看王业已衰，国运将断，为何您却看不见？"

周幽王不听家父等人的劝谏，后来申侯联合犬戎等攻周，幽王被杀死在骊山脚下，西周也因此而灭亡。

江郎才尽

　　江淹是南北朝时著名的文学家,他年轻的时候,家中贫困。十三岁时,父亲去世了,他便上山砍柴,靠卖柴供奉母亲生活。虽然生活艰苦,但他仍然发愤读书。由于他刻苦自学,写出许多很精彩的文章和诗篇,名气很快就传扬开去,最终受到朝廷的器重,官至光禄大夫。到了晚年,他的文章不但没有以前写得好了,而且退步不少。他的诗写出来平淡无奇,而且提笔吟握好久,依旧写不出一个字来,偶尔灵感来了,诗写出来了,但文句枯涩,内容平淡得一无可取。人们都说:"江郎才尽了。"

　　其实并不是江淹的才华已经用完了,而是他当官以后,一方面由于政务繁忙,另一方面也由于仕途得意,无需自己亲自动笔,劳神费力了。久而久之,他的文章自然会逐渐逊色,缺乏才气了。

　　江郎才尽比喻才情减退。

成语接龙 CHENGYUJIELONG

　　江郎才尽→尽人皆知→知恩报恩→恩将仇报→报仇雪恨→恨相知晚→晚节不保→保家卫国→国泰民安→安步当车→车水马龙→龙腾虎跃→跃然纸上

见异思迁

齐桓公和相国管仲经常在一起讨论治国之道。

我们齐国人多地广、行业繁杂，怎样才能让百姓安居乐业呢？

我们国家的人的确不少，他们如果都混居一地，那势必会互相影响。

臣以为，应该让他们散居，不仅可以使他们乐业、敬业，还有利于后代的成长。

如果一个人从小耳濡目染，那长大后就会专心致力于本行业，不至于"见异物而思迁焉"，这对我们国家将来发展是很有利的。

后来，齐桓公在管仲的辅佐下，使齐国呈现出繁荣强盛的局面，成就了自己的霸主地位。

滥竽充数

战国时期,齐国有一位南郭先生,不学无术。他有一个朋友在王宫乐队里供职。齐宣王喜欢听吹竽,可是他不爱听独奏,偏偏要组织三百人的吹竽乐队,一齐演奏。南郭先生听说后,急忙托这个朋友找关系走后门,冒充乐师混进乐队。他拿起竽,左看右看,模仿别人的样子,把它抱在面前,掩住下半部脸,模样又装得特别认真,所以别人一点儿也看不出他不会吹竽。

为齐宣王演奏的时刻到了,三百名乐师一同吹响竽,声音洪亮,气势很大,响彻王宫内外。齐宣王非常高兴,大喜之下,给三百名乐师很丰厚的待遇。南郭先生又惊又喜,从此生活得安定富裕。就这样,他在乐队里平安地待了许多年。

后来齐宣王死了,齐湣(mǐn)王继承了王位。这位新任的国君也非常喜欢听吹竽,可是,齐湣王不喜欢听合奏,偏偏要乐师们一个一个单独演奏给他听,南郭先生只得扔下竽,悄悄地溜走了。

滥竽充数比喻没有真实本领的人,混在行家队伍里充数。也比喻以次充好。

成语接龙 CHENGYUJIELONG

滥竽充数→数一数二→二龙戏珠→珠光宝气→气象万千→千辛万苦→苦尽甘来→来去自如→如影随形→形影不离→离合聚散→散兵游勇→勇往直前

万众一心

东汉末年，汉灵帝派朱隽（jùn）率军镇压黄巾起义。

官军与韩忠义军在宛城相遇。朱隽攻其弱点占领外城，并不理韩忠谈判要求而围攻内城。

内城未破，朱隽登城墙察看后，命大军后撤。

不久，城内守军纷纷突围，朱隽立即率军从侧翼杀来，大败义军。

大人，你这是用的什么计谋？

我看见内城坚固，守兵众多。敌军谈判和突围都没有成功，是因为他们万众一心跟我军拼杀。一万人齐心尚势不可当，何况十万人马呢？不如松动包围圈，引其突围，再乘机杀去，敌军士气自然瓦解。

143

乐 此 不 疲

汉光武帝刘秀是个勤奋刻苦的人,无论是在戎马倥(kǒng)偬(zǒng)的战争年代,还是在治国平天下的和平时期,他都勤勉工作,努力办事,为大臣作出榜样。刘秀是孤儿,由伯父抚养长大,从小就养成了勤劳刻苦的好习惯,黎明即起,劳作读书,决无懈怠。晚上看书到很晚才睡觉。

建立东汉以来,刘秀每天亲自处理朝政,工作十分刻苦。从天亮上朝问事,一直到天黑才回寝宫。有时他同朝中文武大臣讨论治国方针,制订政令制度,往往半夜才能睡觉。

皇太子见刘秀忙于朝政,勤劳不息,十分关心他的身体健康。有一次刘秀正在休息,他大胆劝谏刘秀:"父皇,像您这样勤政为民,可说是有了大禹、汤武那样贤明的品格,但是却没有黄帝、老子那样的修身养性的幸福,希望您爱惜身体,多休息休息。"刘秀听后,哈哈大笑,说:"我自己乐于这样做,习惯了,一点也不觉得疲劳啊!"皇太子听了,深受感动。

乐此不疲形容对某事特别爱好而沉浸其中。

成语接龙 CHENGYUJIELONG

乐此不疲→疲于奔命→命若悬丝→丝竹管弦→弦外之意→意气用事→事不过三→三朝元老→老生常谈→谈天说地→地老天荒→荒诞不经→经天纬地

高山流水

俞伯牙是春秋时的音乐家。有一次，他正在弹琴，一个砍柴人从旁经过，他就是钟子期。钟子期是一位极有造诣的音乐鉴赏家。

俞伯牙

此刻，伯牙弹奏的是他新创作的《高山流水》。

当琴声高扬激越时……

真妙啊！气势磅礴，像挺拔雄伟的泰山！

钟子期

当琴声悠扬舒缓时……

太美了！就像烟波浩渺的江河流水！

俞伯牙很感动，经过一番交谈，他们成了好朋友。

钟子期，你真是我的知音啊！

《高山流水》本是传说中俞伯牙创作的乐曲名，后用来比喻乐曲高妙或知音难觅。

老马识途

春秋时期，齐桓公亲自率领大军援助北方燕国，攻打山戎部族，山戎王大败而逃，齐桓公决定乘胜追击。山戎王率领残兵败将逃到孤竹国，孤竹国王召来黄花元帅，面授机宜。

齐桓公率领齐军远征孤竹国，与黄花元帅的军队相遇。黄花元帅敌不过齐军，假意投降。于是齐桓公命令他带路，引导齐军向孤竹国进发。黄花元帅把齐国大军引诱进了迷谷旱海，然后趁着黑夜悄悄溜走，把齐国大军留在茫茫沙漠上，齐桓公发现中了奸计，无意征伐孤竹国，决定撤退回国，可是却找不到回去的道路。

这时相国管仲忽然说："有办法了！老马的智慧可以帮助我们呀！我们不是常说老马识途吗？"一句话提醒了齐桓公，他急忙命令把部队中的老马挑选出来，放开缰绳，让它们在前面引路。这些老马果然朝着一个方向跑去，齐国大军跟在后面，不久就离开沙漠，走出迷谷，找到了回国的大路。将士们喜笑颜开，一片欢腾。

老马识途比喻阅历多、经验丰富的人能看清方向，办事熟悉。

成语接龙 CHENGYUJIELONG

老马识途→途遥日暮→暮鼓晨钟→钟鼎人家→家常便饭→饭来张口→口若悬河→河伯为患→患难与共→共为唇齿→齿如含贝→贝阙珠宫→宫庭大乱

人杰地灵

闻名中外的滕王阁于公元663年重阳节落成。

当时的洪州阎都督遍邀当地名士共赴庆贺大宴。当时只有十四岁的王勃也应邀入席。

王勃

哈哈！大家酒意正浓，何不为滕王阁写赋为序呢？

阎都督

我不行，你来你来！

你来你来！

我学浅，不行！

我没资历，还是你来吧！

王勃，我也不才，你来吧！

我试试吧！

于是，王勃思索一会儿，挥毫疾书，写下了千古名篇《滕王阁序》。

滕王高阁临江渚，佩玉鸣鸾罢歌舞。
画栋朝飞南浦云，朱帘暮卷西山雨。
闲云潭影日悠悠，物换星移几度秋。
阁中帝子今何在？槛外长江空自流。

好，好！太好了！你是当今的奇才啊！

阎都督把王勃奉为上宾，并亲自陪坐。其中有"物华天宝，龙光射斗牛之墟；人杰地灵，余孺下陈蕃之榻"之句。
人杰地灵指有杰出的人降生或到过，其地也就成了名胜之区。

147

名 列 前 茅

春秋时期,晋楚争霸非常激烈。有一年,楚军入侵郑国,郑国向晋国求援,结果援兵未到便失败了。晋军听说郑国已经失败了,打算撤回。可是,副将先谷却认为应该立即渡过黄河,去追击楚军。上将士会劝说道:"指挥作战的一个原则是善于观察时机,抓住敌人的疏漏发动攻击,才能取得胜利。楚王曾三年不问政事,如今任用贤才,整顿军政,军队出征时,各路队伍井然有序,右军紧紧护卫着主帅的兵车;左军负责割草以安排夜宿;先头部队以茅草作为信号,发现敌情就举起茅草向后面报警;中军负责制定作战计划,发布命令;后军是精锐部队。打起仗来各路将士都有明确的分工,军队纪律非常严明。再说楚国现在管理得十分严密,人人争着为国家出力立功,我们怎能贸然去进攻他们呢?"可是先谷一意孤行,渡河去进攻楚军,结果遭到惨败。

楚军先头部队用茅当做信号旗,走在最前面,发现前方有什么动静,就用茅发出信号。因此前锋称为"前茅","名列前茅"这个成语就是这样来的。常比喻名次排列在前面。

成语接龙 CHENGYUJIELONG

名列前茅→茅塞顿开→开诚布公→公而忘私→私心杂念→念念不忘→忘乎所以→以暴易暴→暴风骤雨→雨顺风调→调虎离山→山包海容→容光焕发

人人自危

胡亥

秦始皇死后，他的小儿子胡亥便与宦官赵高合谋篡夺了皇位。

皇上要保皇位，只有实行严刑酷法，把与犯法者有牵连的人统统治罪，才能使人害怕而不敢造反。

赵高

你说的是个好法子！

一时间朝廷上下十分惶恐，人人都感到危险。

不会牵连到我吧？

胡亥听了他的话，重新修订了严酷的法律，把反对自己的人全抓了起来。

刑赏论

后来他的暴政终于激起了人民的反抗，秦王朝也因此灭亡。

连自己的同胞兄妹也没有放过，治罪的治罪，杀头的杀头，受到牵连的更是数也数不清。

阳咸

迷 途 知 返

东汉末年，宦官专权，大将军何进密召董卓进京。宦官们得知消息杀死了何进。何进的部下袁绍火烧宫门，汉少帝逃出皇宫。董卓率军占据京师洛阳，追回汉少帝，专揽朝政。袁绍发觉引狼入室，深为懊悔，率领自己的队伍离开了洛阳，来到关东，计划征讨董卓。

袁绍的弟弟袁术心术不正，他占据南阳后，放纵享乐，胡作非为，成了当地一害。袁绍和曹操共同进攻袁术。袁术经不住两边夹攻，逃离南阳，败走扬州，从此割据扬州郡一方，建立了自己的势力范围。

袁术见汉朝政权土崩瓦解，便想趁机登上皇帝宝座。他给少年时代的好友陈珪（guī）便写了一封信，请陈珪帮助他实现做皇帝的梦想。陈珪在回信中说："我以为你会齐心协力救助汉室，谁知你却走上迷途，想自称皇帝。以身试祸，岂不令人痛心！如果迷了路还知道返回，尚能避免祸患。"袁术听不进陈珪的劝告，终于在寿春称帝。他的倒行逆施遭到天下百姓和各路军阀的强烈反对。后来，吕布、曹操先后讨伐袁术，袁术大败，向青州逃奔，中途病死。

迷途知返指迷了路还知道回来。比喻发觉犯了错误，知道改正。

成语接龙 CHENGYUJIELONG

迷途知返→返哺之恩→恩恩相报→报李投桃→桃花人面→面目全非→非同小可→可歌可泣→泣不成声→声东击西→西颦东效→效颦学步→步步高升

墨守成规

墨子，战国时宋国人，也是墨家学派的创始人，他主张兼爱和平，反对战争。

当他得知楚王令当时最有名的工匠鲁班设计攻城云梯攻打宋国时，便来到楚国。

大王，你有把握打败宋国吗？可我认为您占领不了宋国。

是吗？那好，我守你攻，看你能否攻下我！

我有十足的把握！

墨子随后便制作了守城的云梯，楚王让鲁班来攻，结果鲁班一连攻了九次都被墨子打退。

而墨子守城的故事，就演变为成语"墨守成规"，指思想保守，守着老规矩不肯改变。

轮到墨子攻城，攻九次破九次。楚王见鲁班制造的器械不能攻破墨子所守的城，就放弃了攻宋计划。

151

鸟尽弓藏

公元前475年,越王勾践恢复了国力,大举伐吴,大败吴王夫差,成为春秋时期的最后一个霸主。勾践做了霸主,要大赏功臣。可是谋臣范蠡已经与西施在一天深夜,悄悄地乘着一只小船,离开越国,远走他乡了。

范蠡在临走前,给他共患难的老友文种留下了一封信,信中说:"飞鸟打完了,再好的弓箭也要藏起来;兔子打完了,就轮到将猎狗煮来吃了。越王这个人,只可以同别人一起共患难,不可以同别人共富贵,你还是赶快走吧!"文种看完笑笑,觉得范蠡太小心多疑了。他相信越王是不会加害自己的。

过了不久,越王听信了谗言,疑心文种要谋反,可担心国内没有人能够制服他,于是派人送给文种一把剑。文种一看,原来正是当年夫差叫伍子胥自杀的那把宝剑。他顿时明白了越王的意思,长叹道:"我悔不该不听范蠡的劝告啊!"于是便拿起剑自杀了。

鸟尽弓藏比喻事情成功以后,有功劳的人就被抛弃了。

成语接龙 CHENGYUJIELONG

鸟尽弓藏→藏龙卧虎→虎啸风生→生公说法→法出一门→门禁森严→严霜烈日→日理万机→机不可失→失斧疑邻→邻女窥墙→墙面而立→立身扬名

152

业精于勤

"唐宋八大家"之一的韩愈，不但在诗文方面有很深的造诣，也很注重教育学生。

他在自己的论著《劝学解》中说：

业精于勤，荒于嬉；行成于思，毁于随。

这是一句劝诫的话：年轻人啊，学业的精深，决定于勤奋，游荡懈怠就会荒废。

事业的成功，在于独立思考，随波逐流就要失败。这是我多年来的亲身体会。

您的学问可谓精深，又直言敢谏，可朝廷并没有重用您呀？

有学生反问他。

你说错了，做人难道就是为了升官发财吗？

屈原、司马迁不是受了那么大的委屈也没停止求索和追求吗？

披肝沥胆

公元199年，曹操亲率两万人马，进军徐州，攻打刘备。刘备那时的势力还弱，被打败了。张飞突围，往芒砀（dàng）山而去。刘备投奔袁绍。关羽被围无法解脱，为了保全刘备的家眷，只得暂时投降了曹操。

袁绍决定发兵攻打曹操，两军交战后，曹操派关羽打头阵，关羽斩颜良，诛文丑，袁绍大怒，要杀刘备。刘备这才知道关羽在曹营，表示愿意写一封信去，劝关羽回来，辅佐袁绍。袁绍大喜，立即派人前往送信。关羽看完书信，这才知道刘备在袁绍那里。关羽当即写了一封回信，说："我马上就去面见曹公，向他辞行，然后带您两位夫人回去。我对哥哥披肝沥胆，决无二心……"

之后，关羽便去拜辞曹操。曹操知道他的来意，舍不得放他，故意避而不见。关羽走的决心已定，便带着旧日的随从，护送着载有刘备夫人的车子，夺门而走。曹操一路派人阻拦，关羽仍不回头，过五关，斩六将，历尽艰险，终于在古城与刘备、张飞相聚。

成语接龙 CHENGYUJIELONG

披肝沥胆→胆大如斗→斗南一人→人浮于事→事无大小→小心翼翼→翼翼飞鸾→鸾飞凤舞→舞刀跃马→马不解鞍→鞍前马后→后起之秀→秀外慧中

当务之急

孟子

弟子

孟老师，我现在有很多要紧的事情要去干，但不知道应该先干哪件。

有智慧的人无所不知，但要知道当时应该做的事中最急需办的事，而不要面面俱到。

又比如有仁德的人是无所不爱的，但应先爱亲人和贤者。

仁

古代的圣主尧和舜，尚且不能认识所有的事物，因为他们急于爱的是亲人和贤人。

如果在前辈面前吃饭用餐时狼吞虎咽。

接着，孟子又从反面回答了这个问题。

饭后却讲吃饭一定要细嚼慢咽，这就是舍本逐末呀！

不知道当前最需要知道和干的是什么。

旁若无人

战国后期，有两位燕赵悲歌慷慨之士，一位是刺杀秦王的荆轲，一位是杀狗的屠夫高渐离。

荆轲是卫国人，他是一位善击剑的术士，他在燕国结识了杀狗的高渐离。高渐离是一位善于击筑(古乐器，形似琴，有十三弦。演奏时左手按住弦的一端，右手执竹尺击弦发音)的高手。荆轲好喝酒，他每天与高渐离在街市的酒店里对饮，天下大事，诸侯纷争，无所不谈，十分投机。喝得酣畅时，高渐离就击筑，荆轲便跟着琴声高歌，常常引来许多路人围观。可他俩似旁若无人，时而唱得兴高采烈，时而唱得相对流泪，把一肚子的心事，都寄托在音乐之中。

大学者田光很赏识荆轲的才学，两人经常在一起交流。后来，在田光的引荐下，荆轲结识了燕太子丹，他极力劝说荆轲去刺杀秦王。最终，荆轲的刺杀行动以失败告终。

旁若无人指身旁好像没有人一样。常形容态度傲慢，不把别人放在眼里。

成语接龙 CHENGYUJIELONG

旁若无人→人命关天→天下无双→双喜临门→门庭若市→市井小人→人迹罕至→至理名言→言而有信→信而有证→证据确凿→凿壁偷光→光明正大

心旷神怡

北宋时，滕子京和范仲淹两人相处得很好，他们在同一年考取进士。

滕子京

范仲淹

范仲淹接受了好友的请求，写成了《岳阳楼记》这篇传诵千古的文章。

次年重修了岳阳楼，并请好友范仲淹为他写篇文章来记录这件事。

其中有一段是："登斯楼也，则有心旷神怡，宠辱皆忘，把酒临风，其喜洋洋者矣。"

意思是说登上岳阳楼，端起酒杯，在清风的吹拂下，举杯畅饮，乐趣就会无穷无尽啊！

157

匹夫有责

明末清初，清兵渡江南下，攻占了南京。爱国主义者顾炎武参加了抗清斗争，同昆山知县杨永言等人一道据守昆山。不久城破，顾炎武的两个弟弟被清兵杀死，继母王氏也绝食而死。临终前，继母对顾炎武叮嘱道："你千万不要做清朝的臣子！"顾炎武流泪答应。从此，他伪装商人，奔走各地，联络沿海的抗清力量。

清朝进士叶方恒为了吞没顾炎武的家产，勾结顾家的仆人陆恩告发顾炎武，说他与沿海抗清组织有联系，顾炎武被官府追捕，不得不逃离江南，前往山东。在北方的二十多年的岁月里，顾炎武足迹遍布河北、山西、陕西、河南等地，一年之中有半年住在旅店里。他与二十多位朋友在雁门以北的地方建立秘密活动据点，坚持反清。后来，他定居在陕西华阴。五十岁以后，顾炎武集中精力撰写《日知录》，阐述他的思想和观点。他说："天下兴亡，匹夫有责。"他始终坚守民族气节，一直到六十九岁去世。

匹夫有责是指每个普通人都有责任，常与"天下兴亡"连用。

成语接龙 CHENGYUJIELONG

匹夫有责→责备求全→全军覆没→没齿难忘→忘生舍死→死不悔改→改朝换代→代人受过→过河卒子→子孝父慈→慈眉善目→目不忍睹→睹物思人

此地无银三百两

张三在外辛苦打工多年。

嘻嘻！有了这三百两银子，回去盖个新房，再做一点小买卖，足矣！

把钱就这样放到箱子里好像不安全，得想个更好一点的藏放地点！

就埋在自家墙角下吧！这样自己也不容易忘记！呵呵！

此地无银三百两

宝贝到手了！溜！

隔壁李四发现后起了贼心。

偷是偷来了，为什么不安心呢？对了，我也贴张纸条，这样就不会有人怀疑是我偷的啦！嗯！就是这么办！

隔壁李四不曾偷

图书在版编目（CIP）数据

成语故事 / 童丹编著.
—武汉：湖北美术出版社,2012.10
（漫画版经典国学）
ISBN 978-7-5394-5329-3

Ⅰ.①成…
Ⅱ.①童…
Ⅲ.①汉语－成语－故事－少儿读物
Ⅳ.①H136.3-49

中国版本图书馆 CIP 数据核字(2012)第 138589 号

责任编辑：刘嘉鹏　龚　黎
技术编辑：程业友
装帧设计：张　明

成语故事

出版发行：湖北美术出版社
地　　址：武汉市洪山区雄楚大街 268 号
　　　　　湖北出版文化城 B 座
电　　话：（027）87679520　87679521　87679522
传　　真：（027）87679523
邮政编码：430070
网　　址：www.hbapress.com.cn
电子邮箱：hbapress@vip.sina.com
印　　刷：武汉安捷印刷有限公司
开　　本：720mm × 1000mm　　1/16
印　　张：10
印　　数：1-10000 册
版　　次：2012 年 10 月第 1 版　2015 年 9 月第 2 次印刷
定　　价：20.00 元